나무에 몸을 기대고 있었던 작은 고렘은 몸을 일으키더니 천천히 자리에서 일어섰다.

「내 이름은 세라픽 골드. 당신의 충실한 종입니다. 부디 명령을 내려주십시오, 마스터.」

이세계는 스마트폰과 함께.27

「역시
아홉 명이나 되니 떠들썩해」

「겨우

다 모였네요.」

「어머니!」

「스테프!」

나에게 달라붙은 스테프를 안으려고 했는데, 스테프가 스윽 빠져나가 버려 내 팔은 허공을 가르고 말았다. 어라라?

이세계는 스마트폰과 함께. 27

후유하라 파토라 illustration■우사츠카 에이지

모치즈키 토야

하느님의 실수로 이세계로 가게 된 고등학교 1학년(등장 당시). 기본적으로는 너무 소란을 피우지 않고 흐름에 몸을 내맡기는 스타일, 무의식적으로 분위기 파악을 하지 못한 채, 은근히 심한 짓을 한다. 무한한 마력, 모든 속성 마법을 가지고 있으며, 무속성 마법을 마음대로 사용하는 등, 하느님 효과로 여러 방면에서 초월적. 브륜힐드 공국 국왕.

유미나 벨파스트 에르네아

벨파스트의 왕녀, 열두 살(등장 당시). 오른쪽이 파란색, 왼쪽이 녹색인 오드아이, 사람의 본질을 꿰뚫어 보는 마안의 소유자. 바람, 흙, 어둠이라는 세 속성을 지녔다. 활의 특기 토야에 한눈에 반해, 무뚝뚝하게 강하게 다가갔다. 토야의 신부.

에르제 실레스카

토야가 구해 준 쌍둥이 자매의 언니. 양손에 건틀릿을 장비하고 주먹으로 싸우는 무투사. 직설적인 성격으로 소탈하다. 신체를 강화할 줄 안다. 무속성 마법【부스트】을 사용할 줄 안다. 매운 음식을 좋아한다. 토야의 신부.

린제 실레스카

쌍둥이 자매의 여동생. 불, 물, 빛이라는 세 속성을 지닌 마법사. 빛 속성은 그다지 특기가 아니다. 굳이 따지자면 낯을 가리는 성격으로, 말이 서툴지만 가끔 대담해진다. 단 음식을 좋아한다. 토야의 신부.

코코노에 야에

일본과 비슷한 먼 동쪽의 나라, 이센에서 온 무사 소녀, 존댓말을 사용하며 남들보다 훨씬 많이 먹는다. 진지한 성격이지만 어딘가 어긋나 있는 면도, 본가는 검술 도장으로 유파는 코코노에 진명류(眞鳴流)라고 한다. 겉으로는 잘 모르지만 의외로 거유. 토야의 신부.

루시아 레아 레굴루스

애칭은 루. 레굴루스 제국의 제3황녀. 유미나와 같은 나이. 제국 반란 사건 때 자신을 도와준 토야에게 한눈에 반했다. 쌍검을 사용한다. 유미나와 사이가 좋다. 요리 재능이 있다. 토야의 신부.

스우시 에르네아 오르트린데

애칭은 스우, 열 살(등장 당시). 자객에게 습격당하고 있을 때 토야가 구해 주었다. 벨파스트 국왕의 조카. 유미나의 사촌. 천진난만하고 호기심이 왕성하다. 토야의 신부.

미나스 레스티아 힐데가르드

애칭은 힐데, 레스티아 기사 왕국의 제1 왕녀, 검술에 능하며 '기사 공주'라고 불린다. 프레이즈에 습격당할 때 토야에게 도움을 받고 한눈에 반한다. 긴장하면 말을 더듬는 습관이 있다. 야에와 사이가 좋다. 토야의 신부.

린

전(前) 요정족 족장. 현재는 브륜힐드의 궁정마술사(잠정). 어려 보이지만 매우 오랜 세월을 살았다. 자칭 612세. 마법의 천재. 사람을 놀리는 것을 좋아한다. 어둠 속성 마법 이외의 여섯 가지 속성을 지녔다. 토야의 신부.

사쿠라

토야가 이센에서 주운 소녀. 기억을 잃어었지만 되찾았다. 본명은 파르네제 포르네우스, 마왕국 제노아스의 마왕의 딸이다. 머리에 자유롭게 뺄수 있는 뿔이 나 있다. 감정을 겉으로 잘 드러내지 않지만, 노래를 잘하며 음악을 매우 좋아한다. 토야의 신부.

폴라

린이 【프로그램】으로 만들어 낸 곰 인형으로, 마치 살아 있는 것처럼 움직인다. 200년 동안 계속 움직이고 있으며, 그사이에도 개량을 거듭했다. 그 움직임은 상당한 연기파 배우 수준. 폴라…… 무서운 아이!!

코하쿠

토야의 첫 번째 소환수. 백제라고 불리는 서쪽과 큰길의 수호자로, 짐승의 왕. 신수(神獸). 보통은 새끼 호랑이 크기로 다니며 최대한 눈에 띄지 않으려 한다.

산고&코쿠요

토야의 두 번째 소환수. 두 마리가 한 세트. 현제라고 불리는 신수. 비늘의 왕. 물을 조종할 수 있다. 산고가 거북이, 코쿠요가 뱀.

코쿠

토야의 세 번째 소환수. 염제라고 불리는 신수. 새의 왕. 침착한 성격이지만, 외모는 화려하다. 불꽃을 조종한다.

루리

토야의 네 번째 소환수. 창제라고 불리는 신수. 푸른 용으로, 용의 왕. 비 꼬기를 잘하며, 코하쿠와는 사이가 나쁘다. 모든 용을 복종시킬 수 있다.

모치즈키 카렌

정체는 연애의 신. 토야의 누나를 자처하는 중. 천계에서 도망친 종속신을 포획하는 대의명분으로, 브륀힐드에 눌러앉았다. 느긋한 말투. 꽤 게으르다.

모치즈키 모로하

정체는 검의 신. 토야의 두 번째 누나를 자처한다. 브륀힐드 기사단의 검술 고문에 취임. 늠름한 성격이지만 조금 천연스럽다. 검을 쥐면 대적할 상대가 없다.

프란셰스카

바빌론의 유산 '정원'의 관리인. 애칭은 세스카. 메이드복을 착용. 기체 넘버 23. 입만 열면 야한 농담을 한다.

하이로제타

바빌론의 유산 '공방'의 관리인. 애칭은 로제타. 작업복을 착용. 기체 넘버 27. 바빌론 개발 청부인.

벨플로라

바빌론의 유산 '연금동'의 관리인. 애칭은 플로라. 간호사복을 착용. 기체 넘버 21. 폭유 간호사.

프레드모니카

바빌론의 유산 '격납고'의 관리인. 애칭은 모니카. 위장복을 착용. 기체 넘버 28. 입이 거친 꼬마.

프레리오라

바빌론의 유산 '성벽'의 관리인. 애칭은 리오라. 블레이저를 착용. 기체 넘버 20. 바빌론 넘버즈 중 가장 연상. 바빌론 박사의 밤 시중도 담당했다. 남성은 미경험.

파메라노엘

바빌론의 유산 '탑'의 관리인. 애칭은 노엘. 체육복을 착용. 기체 넘버 25. 계속 잔다. 먹고 자기만 한다. 기본적으로 게으르고 뭐든 귀찮아하는 성격.

이리스팜므

바빌론의 유산 '도서관'의 관리인. 애칭은 팜므. 세일러복을 착용. 기체 넘버 24. 활자 중독자. 독서를 방해하면 싫어한다.

리루루파르셰

바빌론의 유산 '창고'의 관리인. 애칭은 파르셰. 무녀 복장을 착용. 기체 넘버 26. 덜렁이. 게다가 자라지 않고, 깜빡하고 저지르는 실수가 잦다. 잘 넘어진다.

아틀란티카

바빌론의 유산 '연구소'의 관리인. 애칭은 티카. 흰옷을 착용. 기체 넘버 22. 바빌론 박사 넘버즈의 유지보수를 담당하고 있다. 극심한 어린 여자아이 취향.

레지나바빌론박사

고대의 천재 박사이자 변태. 공중 요새 '바빌론'를 비롯한 다양한 아티팩트를 만들어 냈다. 모든 속성을 지녔다. 기체 넘버 29번의 몸에 뇌를 이식해, 5000년의 세월을 넘어 부활했다.

지금까지의 줄거리

하느님이 특별히 마련해 준 스마트폰을 들고 이세계에 오게 된 소년, 모치즈키 토야. 두 세계가 휘말렸던 사신과의 싸움은 막을 내렸다. 토야는 세계신에게 그 공적을 인정받아 하나가 된 두 세계의 관리자가 되었다. 언뜻 보기엔 평화가 찾아온 것처럼 보이는 세계. 하지만 세계에는 아직도 혼란의 씨앗이 남아 있었으며, 세계의 관리자가 된 토야는 거듭 말려드는데……

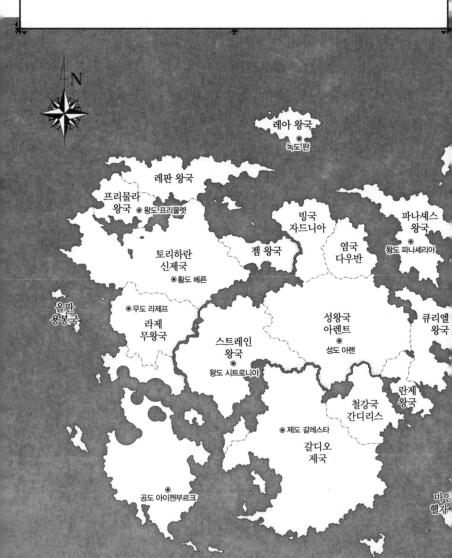

이세계는 스마트폰과 함께.
세 계 지 도

파레리우스
왕국

도파르스

파르프
왕국

왕도 제노스칼 →

마왕국 제노아스

리니에
왕국

엘프라우
왕국

왕도 슬라니엔 →

하노크 왕국

왕도 하노크스

노키아
왕국

왕도 니무에 →

유론 지방

선국 이센

황도 베른

레굴루스 제국

리스
국

벨파스트
황국

제도 갈라리아

로드메어
연방

왕도 아레피스 →

브륀힐드
공국

왕도 파르마

호른 왕국

리플렛 마을

성도
이스라

수도 파네라메아

펠젠 왕국

미스미드
왕국

라밋슈
교국

왕도
베르주

왕도 아트라일

대수해

라일
왕국

왕도 레스틴 →

기사 왕국
레스티아

드래고니스섬

산드라 왕국

레트라반바 →

왕도 큐레이

이그리트
왕국

새로운 세계

표지 · 본문 일러스트
우사츠카 에이지

제1장 막내딸과 황금 고렘   9
제2장 백경(白鯨)   124
막간극 공왕 폐하의 아주 평범한 하루   177
제3장 프리즈마티스의 의식   205

ᴞᴸ 제1장 막내딸과 황금 고렘

타츠마 씨 습격 사건은 해결했다.

이번 일의 실행범인 타츠노와 15년 전에 용제(龍帝)였던 타츠마 씨를 과실치사로 죽게 만든 타츠야는 재산을 몰수한 후, 둘 다 국외로 추방했다.

내가 갈 곳이 없다면 브륀힐드에 오면 어떠냐고 제안했지만 거절당했다. 토리하란 신제국에 지인이 있으니 그 사람의 신세를 지며 처음부터 다시 시작하겠다고 한다.

전별이라고 하긴 좀 그렇지만, 나는 【게이트】를 열어 두 사람을 토리하란으로 보내주었다.

배웅하는 날, 타츠마 씨는 타츠야에게 얼마간 돈을 건네주며 부드럽게 어깨를 토닥여 주었다.

"두 사람이라면 어디에 가든 잘 지낼 수 있겠지. 혹시라도 곤란한 일이 생기면 편지를 보내라. 나라 밖으로 나가더라도 우리가 형제라는 사실에는 변함이 없으니까."

"형님……. 감사합니다."

두 사람은 타츠마 씨와 봉제(鳳帝) 폐하에게 깊게 고개를 숙인 뒤, 서로 손을 잡고 토리하란으로 떠났다.

 국외로 추방당하는데도 두 사람의 얼굴은 매우 밝았다. 과거의 굴레를 버리고 겨우 자유로워졌기 때문인지도 모른다.

 "네? 또요?"

 "네. 이번엔 마왕국 제노아스의 북부라고 합니다. 날개가 달린 거대한 수소라더군요."

 토리하란으로 떠난 두 사람을 배웅하고 브륀힐드로 돌아온 나에게 또 멸종된 종이 나타났다는 츠바키 씨의 보고가 날아들었다.

 '도서관'의 팜므의 조사에 따르면, 약 2000년 전에 멸종한 자간이라는 종이라고 한다.

 "그 동물은 어떻게 됐나요?"

 "마왕국의 제1 왕자가 현장으로 출동해 간신히 해치웠다고 합니다."

 "네?! 모험자가 해치운 게 아니라요?"

 마왕국의 제1 왕자라면 그 사람이지? 사쿠라의 오빠인 근육뇌 왕자 파론. 나의 형님이 된 사람이다.

그 사람 대체 뭐 하는 건지. 차남인 파레스는 왕위 계승권을 박탈당해 그 사람 외엔 왕위를 이을 사람도 없는데 위험한 짓을 하다니?! 제노아스를 멸망시킬 생각인가?

마왕족은 장수종이니 마왕이 또 다음 아이를 가지지 못하리란 법은 없지만, 지금은 상대가 없다.

최악의 경우에는 사쿠라의 딸인 요시노가 왕위를 이어야 하는 상황이 올지도 모르잖아. 좀 더 생각을 하고 행동해야지.

제노아스에는 모험자가 적다. 이유를 꼽자면, 다른 나라의 모험자가 제노아스에 별로 살지 않기 때문이기도 하고, 제노아스에 사는 마족들이 다들 강하기 때문이기도 하다.

직접 해치울 수 있는 마수임에도 따로 토벌 의뢰를 할 사람은 없다. 토벌 의뢰가 적은 이유는 그 때문이다. 파란색 랭크 정도의 토벌 의뢰는 근처 마을에 사는 청년 정도면 해치울 수 있다고 한다.

다른 나라의 모험자가 살지 않는 이유는 식사 문제가 크다. 웬만큼 익숙해지지 않는 이상에야 제노아스의 요리는 일반인이 먹기 힘들다.

그래도 요즘엔 루의 요리 블로그 등을 보고 개선은 하고 있다고 한다. 아니지. 개선이라기보다는 식문화는 나라 고유의 문화이니 발전이라고 표현해야 할까?

그래도 음식이란 생활을 크게 좌우하는 요소이니 적응이 힘든 사람에게는 버티기 어려운 문제다.

그런데 멸종된 종이 나타났다면, 또 어디선가 시간이 일그러졌다는 말인가?

아이들이 말려든 차원진(次元震)의 영향으로 일그러졌다고 하는데, 지금은 토키에 할머니의 지배를 받는 시간의 정령이 수정하느라 눈코 뜰 새 없이 바쁘다고 한다.

그런데도 이렇게 누락이 있으니, 원래는 더 규모가 큰 시간 전이가 벌어졌을지도 모른다. 겨우 이 정도로 그쳤으니 오히려 행운이라고 생각해야 하는 건가?

옛날의 마수는 현대의 마수보다 더 강한 놈들이 많다고 하니 행운으로 치부하고 있을 수만은 없겠지만.

"그래서, 파론 왕자는요?"

"조금 다치긴 했지만 생명에 지장은 없다고 합니다."

다쳤단 말이야? '연금동'의 포션을 제노아스에도 몇 개인가 나눠줬으니 괜찮기야 하겠지만.

"그보다도 그 마수 탓에 벌어진 집단 폭주로 피해가 더 컸다고 합니다. 마을이 하나 말려든 모양이라…….^{스탬피드}"

그래, 그게 있었어!!

갑자기 과거에서 강한 마수가 나타나면, 당연히 그 서식 영역에 있던 다른 마수들은 새로 나타난 마수를 두려워하며 다른 곳으로 도망치기 시작한다. 그리고 도망치는 마수에게 쫓기듯이 다른 마수도 도망치기 시작해 연쇄적인 폭주가 벌어지면 집단 폭주가 벌어지게 되는 것이다.^{스탬피드}

최근에 각지에서 보고되고 있는 집단 폭주^{스탬피드}도 원인은 과거에서 전이되어 온 마수 탓이 아닐까? 어쩌면 그 마수들이 아직 발견되지 않았을 뿐인지도 모른다.

각 나라에 더욱 집단 폭주^{스탬피드}에 주의하라고 환기해 둬야겠어.

집단 폭주^{스탬피드}가 시작되기 전에는 어떠한 징후가 나타난다.

갑자기 숲에서 동물들이 사라지거나, 새가 유난히 많이 무리를 지어 날거나. 그런 신호를 감지할 수 있다면 대피할 수도, 사전에 대책을 세울 수도 있을지 모른다.

내가 집단 폭주^{스탬피드}에 관해 생각하고 있는데, 품에 넣어둔 스마트폰으로 전화가 왔다.

◇ ◇ ◇

"호오. 브륀힐드에 있는 고렘병(兵)보다 크군요."

인디고는 '방주^{아크}'의 격납고에 늘어선 거대한 고렘들을 올려다보면서 중얼거렸다.

거대 고렘의 어두운 금색 보디가 격납고의 마광석 빛을 눈부시게 반사했다.

고렘의 금색 바탕 보디에는 검은색 라인이 그려져 있었고, 보디 그 자체에도 무언가 각인 마법이 부여된 듯했다.

무기는 아무것도 들고 있지 않았다. 전체적으로 묵직한 중후함이 느껴졌다. 인디고는 투박하지만 어딘지 표독한 그 디자인이 눈앞에 있는 흑사병 마스크를 쓴 남자의 취미라는 사실을 눈치챘다.

"분하지만 난 그 정도로 간결하게는 못 만들어. 아니, 만들수는 있을지도 모르지만 그만큼 출력이 떨어져. 그래선 의미가 없잖아."

별로 분하지 않은 말투로 흑사병 마스크를 쓴 남자 스칼릿이 눈앞에 있는 고렘을 올려다보며 대답했다.

눈앞의 어두운 금색 고렘은 브륀힐드에 있는 일반적인 프레임 기어 '중기사(슈발리에)' 보다도 크고 탄탄해 보였다.

전체적으로는 프레임 기어와 마찬가지로 갑옷을 두른 디자인이었지만, 얼굴은 커다란 외눈이 박힌 모습이었다.

"하지만 성능은 나쁘지 않아. 브륀힐드의 그 물건과 비교해봐도 크게 밀리진 않겠지."

"호오."

자신감을 보이는 스칼릿의 말투를 듣고 인디고가 감탄했다. 이 남자는 허언을 하지 않는다. 이 남자가 그렇다면 그런 거겠지.

"벌써 양산을 시작했나요?"

"어느 정도는. 간디리스 지하에 있는 부두에서 가져온 소재로는 겨우 몇십 기밖에 못 만들어. 나머지야 바다 밑에서 채굴하면 그만이긴 하지만."

현재 '방주(아크)'는 심해를 잠행하면서 해저의 광석을 채굴하고 있다.

'방주(아크)' 주변에는 사신(邪神)의 가호 덕에 은폐 장벽이 펼쳐져 있어 일반적으로는 탐색 마법으로도 발견되지 않는다.

"스칼릿. 조금 전부터 궁금했는데요……."

"뭐지?"

잠수 헬멧을 쓴 인디고가 줄지어 서 있는 거대 고렘과 거대 고렘 사이의 공간을 가리켰다.

"이곳에 있던 한 기는 어디로 갔나요?"

"오키드 그 바보가 타고 갔어. 어디로 갔는지는 몰라."

혀를 차며 스칼릿이 말하자, 인디고는 머리를 감싸 쥐었다.

스칼릿은 그렇게 말했지만 오키드는 바보가 아니다. 바보는 아니지만 성질이 급하다.

머리로 생각하기보다는 직감을 믿고 움직인다. 사전 준비나 흥정 등의 성가신 일을 아주 싫어하는 남자다. 즐겁다면 그것으로 충분한 쾌락주의자다.

그런 남자가 이런 장난감을 입수했는데 가만히 있을 리가 없었다.

당연히 지상으로 가서 날뛸 게 틀림없다.

하지 말라고는 안 하겠지만, 지금은 쓸데없이 눈에 띄어 경계가 강화되어선 좋을 게 없다. 인디고는 얼른 데리고 와야겠다고 생각했다.

"그런데 대체 어디로 갔을지……."

"오키드라면 레아 왕국 방향으로 갔어."

뒤에서 들린 목소리에 인디고가 돌아보니, 화려한 깃털 장식이 달린 도미노 마스크를 쓴 여자가 서 있었다.

키가 크고 늘씬한 몸매의 소유자였다. 온몸이 녹색 깃털로 장식된 화려한 복장은 오키드가 '새(鳥)여자'라고 부르는 것도 어쩔 수 없다는 생각이 들기에 충분했다.

조금 별난 미적 감각을 지닌 그 여성은 어울리지 않게 메탈릭 그린 차크람을 양손에 쥐고 있었다.

"피콕. 오키드가 어디 있는지 아시나요?"

"내 '비리지언'은 탐색 전문 사신기(邪神器)야. 같은 사도가 어디 있는지 정도는 금방 알아낼 수 있어."

피콕이라 불린 여성은 우습다는 듯이 키득키득 웃었다. 손에 든 차크람의 중심, 뻥 뚫린 구멍 안에서 몇 개인가 광점이 보였다.

피콕은 이 빛의 방향과 강도로 수색물의 위치를 밝혀낸다. 그런 피콕의 말이라면 틀림없다.

"레아 왕국인가요. 어쩔 수 없네요. 제가 데리고 오겠습니다. 아직 이게 사람들 눈에 띄어선 좋지 않아요. 그렇지. 이것의 정식 명칭은 결정하셨나요?"

"그래. 키클롭스다."

"키클롭스? 사이클롭스랑 비슷하군요?"

"5000년 전엔 그렇게 불렸다고 하더군. 안 그래? 고르드."

스칼릿이 격납고 입구에 서 있는 작은 그림자에게 말을 걸었다.

그곳에는 3등신의 온몸이 금색으로 빛나는 작은 고렘이 불길하게 붉은 눈을 번뜩이며 서 있었다.

◇ ◇ ◇

"이겁니다! 이게 카단 항구를 습격했습니다!"

【리콜】로 기억을 읽고 【드로잉】으로 내가 옮겨 그린 그림을 본 엘프 병사대장이 외쳤다.

이미 내가 고쳐줬지만 여전히 머리에는 붕대, 왼팔에 깁스를 하고 있던 병사대장에 이어 그 자리에 있던 다른 병사들도 '틀림없다', '이 녀석이다'라고 이구동성으로 말했다.

이곳은 엘프 왕이 다스리는 레아 왕국의 항구 마을, 카단. 나는 프레임 기어로 보이는 거대 고렘에게 습격당했다는 연락을 받고 이 마을을 찾았다.

도중에 레아 왕국의 국왕 폐하와 '녹색' 왕관 그륜, 그리고 호위들까지 데리고서.

국왕 폐하를 데리고 온 이유는 누명을 풀기 위해서이기도 했지만, 피해를 본 사람들을 구조하는 데 협력하기 위해서이기도 했다. 나는 【게이트】로 카단과 레아 왕국의 왕도인 녹도(綠都) 판을 연결했다.

판에서 온 구조대가 파괴되어 아직도 연기가 피어오르는 항구 마을 이곳저곳으로 흩어졌다.

레아 왕국의 폐하가 내가 옮겨 그린 그림을 집어 들었다.

"이건 귀국의 프레임 기어라는 고렘이 아니라는 거지?"

"네. 아닙니다. 아무래도 증명하기는 어려울지 모르지만요."

현재 프레임 기어 같은 물건을 보유한 곳은 우리 나라뿐이니까. 증명하기는 어렵다. 내 대답을 듣고 옆에서 끼어드는 사람이 몇 명인가 등장했다.

"아니, 딱 보면 알잖아? 나의 프레임 기어하고는 하나도 안 닮았어. 기체를 보면 알 수 있는 기본 이념부터 달라. 이 기체에서 보이는 거라고는 자신감으로 가득 찬 잔재주 같은 기술뿐이야."

"맞아. 부품의 결합 방식을 봐도 이건 서방 대륙의 기술이야. 레지나 정도의 치밀함은 찾아볼 수 없어."

"뭐라고 하면 좋을까, 독선적인 작품이구먼. 기개는 인정할 만하네만, 성능에만 힘을 쏟아 타는 사람을 전혀 고려하지 않았어."

"이건 이거대로 재미있는 기체긴 하지만, 디자인의 취향이 좀 이상하네요. 이걸 프레임 기어와 같다고 하다니 불쾌해요."

날 따라온 바빌론 박사, 에르카 기사, 교수^{프로페서}, 쿤에게 혹평을 듣는 가짜 프레임 기어. 어쩌면 참. 겨우 일러스트 몇 장만 보고 이렇게까지 깎아내릴 수 있는 건지.

마을 사람들 이야기에 따르면, 이건 갑자기 바다에서 항구로 올라왔다고 한다.

그리고 자신의 움직임을 확인하듯이 날뛰면서 마을을 파괴하고 한참 유린한 다음, 갑자기 질렸다는 듯이 바다로 돌아갔다고 한다.

'바다에서 왔다' 라는 말 하나로, 나는 이 가짜 프레임 기어가 사신의 사도가 만든 물건이 아닌가 하고 의심했다.

예전에 사신도 프레임 기어와 비슷한 변이종 '페이크스^{가짜 기사}' 를 만들었지만 그건 어디까지나 결정 생명체에 가까웠다.

그렇지만 이건 분명한 마공 기계였다. 고렘과 마도구 기술^{아티팩트}을 사용해 만들었다. 즉, 그런 기술을 지닌 사람이 있다는 말이 아닐까?

"사신의 사도에게 빼앗긴 '방주^{아크}' 에 남겨져 있던 물건인가?"

"글쎄? '왕관' 시리즈를 만든 기술자의 작품이라기에는 조잡해 보여. 고대 기체^{레거시}라고 하기엔 새로운 기술이 가득 사용된 듯이 보인다는 점도 신경 쓰이고."

"안 움직여서 고대 기체^{레거시}를 수리하지 않았을까?"

"그럴 가능성도 없지는 않지만……."

"이만큼 고대 기체를 수리할 정도라면 차라리 처음부터 만드는 게 더 빠르지 않겠는가. 만약 고대 기체라고 한다면……."

내 의문에 우리 개발진이 또 소란스러워졌다. 으음, 쓸데없는 불씨를 내던지고 말았나.

《아니요. 크롬 란셰스는 대형 고렘의 제조는 하지 않았습니다. 이것은 다른 자의 작품입니다.》

그런 불씨를 꺼버리듯이 작은 녹색 고렘의 목소리가 들렸다.

'방주'의 제작자가 만든 그륜의 발언이다. 그렇다면 역시 이 눈이 하나인 가짜 프레임 기어는 크롬 란셰스의 고렘이 아니란 말이었다.

그러면 사신의 사도 측에 실력 좋은 고렘 기사가 있다는 의미다. 아니, 고렘 기사 본인이 사신의 사도일 가능성도 있다. 일이 성가셔졌네.

"나도 물론 성목(聖木)을 준 자네들이 이런 짓을 하리라고는 생각하지 않네. 단지 확인을 위해서였어. 그러나 귀국과 교류가 없는 나라에 이런 가짜가 출몰했다간 일이 복잡해질 거야."

그건 그렇다. 엘프 왕의 말대로 우리와 교류가 없는 나라가 이 가짜 프레임 기어에 습격당하면 그걸 우리 탓으로 돌린다 해도 이상하지 않다.

설마 그걸 노린 범행인가? 브륀힐드의 평판을 떨어뜨리기 위해서?

아냐. 사신의 사도가 그런 번거로운 짓을 할 리가 없나. 만약 그러려고 했으면 이 눈이 하나인 수상한 고렘이 아니라 우리 프레임 기어와 겉모습을 똑같이 만들었겠지. 어쩜담. 점점 더 뭐가 뭔지 잘 모르겠어.

"알게 된 일이 있다면 적도 프레임 기어와 똑같은 전력을 손에 넣었다는 거네. 일단 동맹국에는 그 사실을 전달해 둬야 하지 않을까? 브륀힐드와 교류가 없는 나라라도 쇄국 중이 아니라면 동맹국 중 하나와는 국교가 있을 테니까."

"그래, 맞아."

박사의 말이 옳다. 동맹국이 우리의 결백을 증명해 줄지도 모르니까.

그런데 이 눈이 하나인 고렘이 우리의 기체가 아니라고 증명하려면 이걸 붙잡을 수밖에 없는 건가?

일단 【서치】로 검색해 봤지만 발견은 하지 못했다. '방주'와 마찬가지로 스텔스 기능이 부여되어 있는지도 모른다.

"으~음……."

"왜 그러시나요?"

눈이 하나인 고렘의 그림을 보면서 교수^{프로페서} 할아버지가 끙끙거렸다.

"아니, 이 가짜 프레임 기어 기체의 디자인적인 특징을 어디서 본 적이 있어서 말일세. 어디서 봤더라……."

"이? 교수^{프로페서}도? 나도 어디선가 본 적이 있는 것 같아. 어디서 봤더라……."

교수의 말에 에르카 기사도 똑같은 말을 하며 끙끙대기 시작했다.

"기체의 디자인적인 특징이라니, 그걸 파악하다니 대단해."

"이런 기체의 디자인은 아무래도 제작자의 습관이 드러나니까. 그림하고 마찬가지로 개성이 드러나는 거지."

박사가 조금 의기양양한 표정을 지으며 대답했다. 왠지 나도 알 수 있을 듯했다. 프레임 기어나 오버 기어를 보면 바빌론 박사의 디자인 센스가 배어 나오니까. '왕관' 시리즈도 크롬 란셰스의 센스로 통일되었다는 느낌을 받는다.

감각으로 따진다면 펜네임을 바꿔도 만화가의 그림체를 보고 작가가 누구인지 알겠다, 정도라고 하면 될까?

"두 사람 모두 본 적이 있다고 한다면 유명한 고렘 기사의 작품 아니야? 마공왕 할아버지 같은……."

"그거다!"

"그거야!"

어? 마공왕 할아버지의 작품이었어?

"아니! '지휘자'라네! 이 고렘은 '지휘자'가 만든 고렘과 아주 많이 닮았어!"

"맞아! 어디서 많이 봤다 했더니, '지휘자'가 만든 고렘의 디자인이랑 똑같아!"

'지휘자'라면 그 사람인가? 서방 대륙에서 5대 마이스터라 불리는 고렘 기사 중 한 명.

'재생 여왕' 에르카 기사, '교수'와 같은 수준인 고렘 기사가 사신의 사도 측에 붙었다는 말이야?

대체 어떤 사람이지?

"그자는 뭐라고 하면 좋을까, 실력은 뛰어나지만 조금 신경질적인 남자라 말이야. 주변 사람들과 자주 충돌했지."

"까다로운 사람이야. 몇몇 나라하고도 문제를 일으켰을 만큼."

두 사람의 이야기에 따르면 그 '지휘자' 라는 사람은 전형적인 유아독존 타입의 기술자라고 한다.

마공왕 할아버지랑 비슷한 타입인가. 좀 껄끄럽겠는데.

"아니라네. 마공왕은 다른 사람을 이용하려고 하지만, 그자는 다른 사람에게 관심이 없다네. 자신 이외의 사람을 모두 깔보고 있으니까. 그중에서도 나나 이 아가씨는 그나마 인간 대접을 받은 편이네만."

"그런데 펜릴을 보고 코웃음을 쳤었어. 불쾌한 사람이야."

에르카 기사가 불쾌한 기억이 떠올랐는지 얼굴을 찌푸렸다. 늑대형 고렘인 펜릴은 강한 고렘은 아니었다. 늑대랑 똑같이 생겼고 말할 수 있는 고렘일 뿐이었다. 그것만으로도 대단한 일이지만…….

그런데 이 두 사람과 같은 수준의 기술자가 상대측에 있다면 일이 성가셔지겠는데. 사신의 사도에게 협력하고 있나? 아니면 본인이 사신의 사도라거나?

'방주'는 크롬 란셰스의 개인 공방이다. 당연히 이 눈이 하나인 고렘을 양산하는 시설도 있겠지.

이래서야 새롭게 국교를 맺은 나라에도 프레임 유닛을 빌려 줘 프레임 기어 탑승법을 익히게 해야 할지도 모르겠어.

"뭐가 됐든 우리도 가만히 있을 수는 없겠어. 그 개발을 앞당겨 진행할까."

"그 개발이라니? 아, 아르부스의 오버 기어?"

"그래. 이름하여 '바르 아르부스'. 그 '지휘자'인가 하는 자가 코웃음을 칠 수 없는 오버 기어지."

박사가 씨익 대담하게 미소를 지었다.

눈이 하나인 고렘에게 습격당한 레아 왕국에서 우리 나라로 돌아오니, 박사를 비롯한 개발진은 바빌론에 틀어박혀 아르부스 전용 오버 기어 제작에 몰두했다.

여전한 비밀주의로 나한테는 아직 보여 주려고 하지 않았다. 난 스폰서니까 조금은 보여줘도 되지 않나 싶었지만, 이렇게 된 이상 무슨 소릴 해도 안 보여 줄 테니 그냥 포기했다.

어차피 완성되면 보여 주겠지.

쿤도 돕는 듯했지만, 어디까지나 조금 돕는 수준으로 박사와 다른 개발진만큼 바빌론에 틀어박혀 있지는 않았다.

나와서 남매들과 차 정도는 같이 마시는 듯했다.

그리고 이번에는 양쪽 세계의 합동 세계회의 자리에 나와 프레임 유닛을 조정해 달라고 부탁했다. '공방'의 로제타와 '격납고'의 모니카까지 박사와 개발자들한테 가 버려서 아무래도 일손이 부족했기 때문이다.

쿤은 지금도 프레임 유닛에 올라타 화면 안에서 조종 훈련을 하는 봉제 폐하와 철강왕 폐하를 도와주고 있다.

오, 결판이 났나. 봉제 폐하가 이겼나 보다. 초심자이니 게임으로 말할 것 같으면 막 눌러서 이긴 거에 가깝겠지.

"이겼다! 타츠마 님, 이겼어요!"

"으, 지고 말았나."

나란히 있는 프레임 유닛에서 올판 용봉국의 봉제 폐하와 철강국 간디리스의 철강왕 폐하의 모습이 보였다.

회의장에서는 각 국가의 대표와 중진들이 모여 환담을 했다.

프레임 유닛에 익숙지 않은 서방 대륙 사람들도 크게 주눅들지 않고 훈련을 받아주었다. 말이 훈련이지 대전이라는 이름의 게임이지만.

세계회의 자리에서 레아 왕국에서 벌어진 사건을 설명하고,

프레이즈 습격 때와 마찬가지로 각국에 프레임 기어의 조종이 가능한 사람을 양성하길 제안했다.

그 말을 듣고 미스미드 수왕 폐하가 손을 들었다.

"그렇다면 공왕 폐하는 프레이즈와 마찬가지로 대규모 침공이 있으리라 예상하는 건가?"

"가능성은 있습니다. 크롬 란셰스의 '방주(아크)'가 어느 정도의 생산력을 지녔는지에 따라 달라지겠지만, 한두 기는 아닐 겁니다. 적어도 각국의 '공방(팩토리)'과 비슷한 정도의 생산력은 지녔을 테니, 시간을 들인다면 꽤 많은 숫자를 동원하리라 생각합니다."

내 말을 듣고 서방 대륙 국가의 대표들은 신음을 흘리며 깊이 생각에 빠졌다. 이런 발언은 고렘을 일상적으로 사용하는 서방 대륙 사람들이 더 이해가 빠른 듯했다.

박사는 놈들이 해저 자원을 채굴해 눈이 하나인 외눈 고렘을 양산하고 있을 가능성이 크다고 말했다. 그렇다면 소재는 넘쳐난다는 말이었다. 시간을 들이면 그만큼 양산할 수 있다.

이번엔 벨파스트 국왕 폐하가 손을 들고 질문했다.

"그 '사신의 사도'라고 했나? 그자들은 대체 뭘 하고 싶은 것인가?"

"사신의 부활, 또는 새로운 사신의 탄생일까요? 물론 예상에 불과하지만, 분명 좋은 목적은 아니겠죠."

사신의 부활이든 새로운 사신의 탄생이든, 인간이 지닌 부정적인 에너지가 대량으로 필요해질 수밖에 없다.

유라도 그랬지만, 가장 빠르게 그 에너지를 입수하려면 세계를 불안과 공포에 빠뜨려야 했다.

그걸 위해 그 외눈 고렘을 양산했다고 한다면, 지금 손을 써두어야 한다. 안 그랬다간 대처가 계속 늦어지고 만다.

사신이 정말로 부활, 또는 새로 탄생하게 되면 정식 신족이 된 나와 그 권속인 아내들은 사신과 직접 싸울 수 없다. 그것만큼은 어떻게 해서든 막아야 한다.

그런데 새삼 깨달은 일이지만, 이 세계에 있는 나라 중에서 국토가 바다에 접해 있지 않은 곳은 우리 나라 정도에 불과하구나(던전 제도는 제외). 그 외에는 내해에 둘러싸인 로드메어 연방과 라밋슈 교국 정도인가?

따라서 어느 나라든지 침공받을 가능성이 있었다. 그걸 막으려면 역시 프레임 기어로 상대할 수밖에 없다.

문제는 프레이즈와는 달리 어디에 출현하는지 사전에 알 수 없다는 점이었다.

소식이 들어오면 곧장 내가 전이 마법을 사용해 현장으로 달려가겠지만, 장소가 변경 마을이면 연락을 받고 가도 이미 파괴되었을 가능성이 컸다.

그래서 이 외눈 고렘을 포획, 해체, 분석하여 그걸 발견하기 위한 레이더를 만들 수 없는지 에르카 기사한테 물어봤지만…… 일단 그 최초의 한 기를 포획하지 않고서야 가능 여부는 알 수가 없는 일이었다.

일단 지금은 습격에 대비하는 일이 우선이다.

"그렇군. 그래서 서방 대륙 나라들에도 프레임 유닛을 주어 프레임 기어에 탑승할 수 있게 하려는 건가."

레스티아 기사왕인 라인하르트 형님이 이해가 된다는 듯이 작게 고개를 끄덕였다.

"네. 프레이즈 침공과 마찬가지로 비상사태가 벌어지면 여러 나라에 프레임 기어를 대여해 드릴 예정이에요. 특히 해안가를 경계해 주셨으면 합니다."

동맹국의 수뇌진에게는 스마트폰을 건네줬는데, 그것 외에 '게이트 미러'도 많이 나눠주기로 했다.

지방이나 변경 마을에 '게이트 미러'가 있으면, 순식간에 중앙 정부에 편지를 보낼 수 있게 된다. 그리고 중앙 정부가 나한테 연락하면 신속한 대응이 가능하지 않을까?

서방 대륙에는 원래 통신기가 있었지만, 그건 통신 거리가 짧고 시간이 많이 걸리는 편이니까.

"그렇다면 남은 나라도 어서 동맹에 가입해 줬으면 하는군."

최근 동맹에 가입한 레아 왕국의 엘프 왕이 그런 말을 중얼거렸다. 역시나 최근에 가입한 마인국 헬가이아의 흡혈귀 왕도 고개를 끄덕였다.

이번에는 외눈 고렘의 습격을 막지 못했지만, 여러 나라가 각각 레아 왕국에 의연금을 보냈다.

그 덕에 마을은 빠르게 복구될 듯했다.

이번에는 작은 마을이었지만 연안부에 큰 도시가 존재하는 나라도 있다. 이번 카단 항구보다 훨씬 큰 피해가 발생할 가능성도 있었다.

세계를 공포의 도가니로 떨어뜨리고자 한다면 도시가 크면 클수록 좋을 테니까.

"큐리엘라 왕국은 그 항구 마을의 일도 있어 긍정적으로 검토한대. 다음에는 참가하게 될 것 같아!"

호박 팬츠, 아니, 파나셰스 왕국의 로베르 왕자가 말했다. 그 옆에서 사람 좋아 보이는 파나셰스 국왕도 맞장구를 치듯이 고개를 끄덕였다.

큐리엘라 왕국은 얼마 전에 반어인(半魚人)과 팔 네 개짜리 고렘, 바위 거인에게 연안 도시 알프리스가 괴멸되었다.

그 일 또한 사신의 사도가 한 짓이다. 참나, 게릴라 공습 같은 짓을 벌이다니 너무 화가 난다. 큐리엘라 왕국이 동맹 참가를 긍정적으로 검토한다니 고맙긴 한데…….

동맹에 참가하지 않은 나라는 큐리엘라 왕국 외에 란제 왕국, 레판 왕국, 젬 왕국.

큐리엘라 왕국은 참가가 확정이라 치고, 나머지 세 나라는 참가할 의향이 있을까?

그중에 젬 왕국은 토리하란 신제국이 교섭을 중개해주고 있다. 반응은 나쁘지 않다고 한다.

란제 왕국도 이웃 나라인 큐리엘라 왕국이 동맹에 가입하면 따라서 가입할지도 모른다. 동맹국에 둘러싸인 형세가 되니까.

문제는 레판 왕국이다. 이 나라에 관한 정보는 거의 아무것도 없는데 과연 가입할 생각이 있을까?

나는 옆 나라인 프리물라 왕국의 국왕 폐하에게 물어보았다.

"레판 왕국이라……. 옆 나라이긴 하지만 레판 왕국과 프리물라 왕국 사이에는 다오라 산맥이라는 높은 산들이 있어 거의 왕래가 없는 곳이야. 그에 더해 레판 왕국은 지표에 미스릴이 많이 노출된 곳이라……."

맞아. 미스릴은 고렘과 궁합이 최악이라고 했었던가? 능력이 절반 이하로 떨어진다고 한다. 위험한 고렘 등을 봉인할 때도 사용된다고 들었다. 동방 대륙에서는 귀중한 마광석이지만.

고렘 문명이 발전한 서방 대륙 사람들로선 별로 가고 싶지 않은 땅이겠어. 고렘 비행선도 추락할 가능성이 있는 거니까. 미스릴의 영향을 받지 않는 고렘도 있지만.

"풍문에 따르면 현재 레판 왕국은 한창 전란이 벌어지고 있다고 하더군. 도저히 동맹에 가입할 상황이 아닐 듯해."

내전 중인가. 굳이 따지자면 패권 전쟁? 얼마 전의 이셴 같은 상황인 걸까?

레판 왕국은 몇 개의 씨족^{클랜}으로 이루어졌다고 한다. 하지만 그 나라를 다스리는 왕에게는 힘이 없어 한 씨족에게 밀려 왕도에서 쫓겨났다고 한다.

그 왕도에 자리를 잡은 씨족에 대항하는 씨족, 혼란을 틈타 판도를 확장하려고 하는 씨족, 주변의 소수 씨족을 규합해 새롭게 대두한 씨족 등, 다양한 의도가 뒤섞여 마치 전국시대 같은 상태라는 모양이다.

지도자가 힘이 없으면 아무래도 그렇게 될 수밖에 없는 건가? 아니지, 남의 일로 치부해선 안 돼. 우리 같은 소국에서도 쿠데타가 벌어지지 않으리라고는 확신할 수 없으니까.

"아니요. 우리가 들은 소문에 따르면 전란은 점차 수습되고 있다고 합니다. 듣자 하니 국왕의 측근 중에 실력이 좋은 고렘 사용자가 나타났다고 하더군요."

"호오."

레판 왕국에 접한 또 다른 나라, 토리하란 신제국의 루페우스 황태자 전하가 대화에 끼어들었다. 옆에는 약혼자인 스트레인 왕국의 베를리에타 왕녀가 있었다.

이 두 사람은 여전히 마동승용차^{에테르 비클}를 개조해 이리저리 몰고 다니는 듯했다. 조만간에 토리하란 신제국은 마동승용차^{에테르 비클} 대국이 될지도 모르겠어.

"그렇지만 레판 왕국은 미스릴이 있어서 고렘은 자유롭게 움직이지 못하지 않나요?"

"그렇긴 한데, 그 고렘은 그 땅에서도 아무런 영향을 받지 않았다고 합니다. 어쩌면 아이젠가르드의 마공왕이 개발한 그 장치가 유출되었을지도 모릅니다."

마공왕 할아버지가 개발한 장치? 아, 예전에 존재했던 레베 왕국의 '수왕기'를 참고로 만들었다는, 미스릴의 영향을 받지 않게 하는 장치인가.

어쩌면 그 고렘 사용자가 소유한 고렘은 바로 그 '수왕기'가 아닐까?

'수왕기'는 12대라고 했었지? 갈디오 제국과 싸우다 거의 다 파괴되었다고 들었지만, 그중에 살아남은 기체가 있었을지도 모른다.

"듣자 하니 그 고렘 사용자가 조종하는 고렘은 황금 고렘이라고 합니다. 그리고 그 사용자는 아직 어린 소녀라더군요."

"그런가요?"

루페우스 황태자의 말을 듣고 나는 눈썹을 움찔하고 움직였다.

황금 고렘. 아무래도 절로 금색 '왕관'이 떠올랐다.

사실 금색 고렘은 꽤 많이 존재한다. 벼락부자들이 많이 만든다. 이전에 금색 '왕관'을 찾으려고 검색해 본 적이 있는데 무지막지하게 많이 검색되었다.

번쩍번쩍한 금색 고렘은 딱 봐도 성공한 사람의 증거라는 느낌이 팍 오니까 어쩔 수 없을지도 모른다. 별로 좋은 취향은 아니라고 생각하지만.

다만 그 점에 관해선 우리한테도 황금 프레임 기어가 있으니 뭐라고 지적할 수는 없다. 나도 벼락부자라고 할 수도 있으니까…….

레판 국왕 측근으로 등장했다는 고렘 사용자도 벼락부자일까? 아니지. 어린 소녀라고 하니까 벼락부자의 딸인가? 부모님이 번 돈의 힘으로 권력이 약한 국왕을 지원해 주는 건가?

"다섯 살 정도의 소녀가 적의 공격을 완벽히 막고 있다더군요. 완전 방어벽의 힘을 지닌 고렘이라서요."

……응?

"사용자 본인도 질풍처럼 전장을 누비며 적을 일망타진하고 있다고 하고요. 누구 하나 그 소녀를 건드리지 못했다고 합니다."

으으응……?! 잠깐만. 그건……. 아니 아니, 그럴 리가.

"아버지. 그 인물이 누구인지 짚이는 데가 너무 많은데요."

어떻게든 부정하고 싶었지만, 나의 부정을 부정하는 목소리가 뒤에 있던 쿤한테서 들려왔다. 허억……! 역시나?

"이름이 뭐라고 했더라. 스타프였나, 스텝프였나……."

아까워라! 루페우스 황태자, 정답은 스테프예요! 정확하게는 스테파니아. 우리 딸!

이럴 수가. 왜 우리 딸이 내전에 참가하고 있어?!

"대체 뭐가 어떻게 됐길래 그런 곳에 있지?"

"스테프라면 사실 아무 생각도 안 하고 있을 거예요. 식사를 주니 도와줬다든가, 그 정도 얘기가 아닐까요?"

뭐야, 밥에 넘어갔단 말이야? 정말 그래도 괜찮은 거야? 멋대로 이용당하고 있는 건 아니겠지?

"그건 걱정 없지 않을까 해요. 그 아이, 사람 보는 눈은 날카롭거든요. 동물적인 직감이라고 할까요. 쿠온이나 유미나 어머니의 '간파' 의 마안급이에요."

그게 뭐야?! 우리 딸은 야생아인가?!

쿤의 말을 믿는다면 스테프는 자신의 판단으로 레판 국왕을 도왔다는 말이 된다. 레판 국왕은 나쁜 사람이 아니라는 말인가?

프리물라 국왕과 루페우스 황태자에게 그런 점을 질문해 보니, 놀랍게도 레판 왕국의 국왕은 스트레인 왕국처럼 여왕 폐하라고 한다.

이미 환갑에 가깝다고 하는데, 사람이 나쁘다는 소문은 들은 적이 없다고 했다. 단, 국왕으로서 능력이 없다는 소문은 들려온다고 하지만.

착한 사람이 좋은 국왕이 된다고는 할 수 없으니……. 레판 왕국은 많은 씨족이 모인 국가다. 씨족 간의 분쟁과 이해 대립을 잘 관리하지 않으면 왕으로서 군림할 수 없다.

그리고 무엇보다 가신을 따르게 하는 실력이 필요하다. 그런 능력이 지금의 레판 국왕…… 레판 여왕에게는 아쉽게도 모자란 거겠지.

그걸 지금 우리 딸 스테프가 보충해 주고 있는 건가? 잠깐만? 그대로 우리 딸이 레판 왕국의 새 여왕이 된다거나 그러지는 않겠지?!

그런 생각에 더욱 걱정이 심해졌다.

황금 고렘을 소유했다니 무슨 말인지 잘 이해가 안 되지만…… 일단 데리러 가야 한다.

그렇다고 이 양쪽 세계의 합동 세계회의를 내팽개치고 갈 수는 없었다.

지금 이 회의장에는 스테프의 어머니인 스우도 있지만, 지금 딸 이야기를 하면 패닉 상태에 빠질 가능성도 있다. 회의가 끝날 때까지는 아무 말도 하지 말자.

그 이후로 몇 시간 동안, 초조하고 애가 탔지만 간신히 무난하게 회의를 마칠 수 있었다. 자, 바로 움직여야지.

나는 곧장 가족을 모아 조금 전에 들은 스테프 이야기를 했는데, 반응은 재미있을 만큼 딱 두 갈래로 나뉘었다.

유미나를 비롯한 아내들은 '에엑?!' 하고 놀라는 반응.

쿠온을 비롯한 아이들은 '아아…….' 하고 달관한 반응.

"별로 안 놀라네?"

"스테프의 기행은 처음이 아니니까요. 그 아이는 좋은 의미에서든 나쁜 의미에서든 자유로워요."

기행이라니. 꼭 이상한 행동을 한다는 얘기처럼 들리는데?
이상하기야 이상하지만.

쿠온의 대답을 듣고 내가 뭐라 표현하기 힘든 미묘한 기분을
맛보는데, 도무지 참을 수 없었는지 스우가 나를 재촉했다.

"그런 거야 뭐든 무슨 상관인가! 어서 레판 왕국으로 가세!
스테프를 만나야지! 틀림없이 많이 쓸쓸할 게야. 어머니인 내
가 데리러 가야만 하네!"

그거야 물론 그렇지만, 난 레판 왕국에 가 본 적이 없다. 그
래서 【게이트】는 사용할 수 없다.

나처럼 【게이트】를 사용할 줄 아는 야쿠모에게도 레판 왕국
에 가 본 적이 있는지 물어봤는데, 없다고 한다. 으~음, 어쩐
다.

직접 가는 수밖에 없나. 【텔레포트】를 쓰면 어디에 떨어질
지 알 수 없으니까. 전쟁터 한가운데라든가, 높은 사람의 개
인적인 공간에 나타나, 나중에 국제 문제로 비화하기라도 하
면 곤란하다.

프리물라 왕국에는 【게이트】로 갈 수 있으니, 그곳에서 다
오라 산맥을 넘어 레판 왕국으로 진입하자.

"물론 나도 갈 생각이네."

당연하다는 듯이 스우가 앞으로 나섰다. 그리고 뒤이어 의
외로 요시노가 손을 들었다.

"스테프 붙잡기는 내 특기야. 나한테는 【어브소브】도 【텔레포트】도 있으니까."

오호라. 요시노라면 【프리즌】으로 둘러싸도 【어브소브】로 마력을 흡수해 무력화하고, 【액셀】로 도망쳐도 【텔레포트】로 뒤쫓아갈 수 있는 건가. 스테프의 천적이구나.

쿠온도 마안이 있어서 스테프의 폭주를 자주 막았다고 하지만.

그런데 붙잡기라니, 지금 야생동물을 포획하러 가는 게 아닌데…….

"요시노가 간다면 나도 갈래."

딸이 걱정되는지 사쿠라도 가겠다고 나섰다. 분쟁 지역에 간다고 하니 걱정되는 마음도 당연한 일이다.

일단 바빌론의 '격납고' 로 이동해 관리인인 모니카에게 고속 비행정 '궁니르' 를 꺼내 달라고 했다.

궁니르는 스우가 탑승하는 오르트린데의 서포트 유닛이다. 스텔스 기능도 있어 몰래 가기에는 딱 알맞은 기체다.

내가 혼자 【플라이】를 사용해 날아다니며 찾아도 되지만, 스우가 기다려 주지 않을 듯하니까.

"그럼 간다! 꼭 붙잡아!"

내가 열어놓은 【게이트】를 지나 모니카가 조종하는 궁니르가 단숨에 프리물라 왕국의 상공으로 뛰쳐나갔다.

그리고 곧장 스텔스 모드로 이행해 지상에서는 궁니르를 확인할 수 없게 됐다.

"그래서? 레판 왕국에 진입하면 어디로 갈 작정이야? 왕도로 가면 돼?"

"아니. 왕도는 이미 다른 씨족에 점령당했다니까 그곳엔 없을 거야. 국왕…… 여왕이 있는 곳에 있을 텐데……."

레판 왕국으로 범위를 지정하고 '여왕 폐하'라고 검색해 보니 여러 개의 검색 결과가 나왔다. 겉모습이 '여왕 폐하'인 사람이 그렇게 많아? 씨족 간의 다툼이니, 그 씨족의 지도자가 여성이라면 그럴 수도 있나?

"금색 고렘이라면 어떤가?"

"전에도 검색해 봤는데, 잔뜩 검색되더라고."

"이 나라에서만 검색하면 대상을 좁힐 수 있지 않겠나."

그건 그렇다. 이렇게 말하면 실례일지도 모르지만, 예전에는 서방 대륙에서도 돈이 많은 대국의 검색 결과가 많았었다. 스트레인 왕국이나 성왕국 아렌트 같은 곳이다.

레판 왕국에서는 검색 결과가 많지 않았던 것도 같다.

스우의 말대로 이 나라로 범위를 지정한 다음 검색해 보니 세 건이 검색되었다. 그중 두 건은 왕도였다. 즉, 나머지 한 건이 스테프 근처의 고렘일 가능성이 컸다.

장소는 레판 왕국의 동쪽으로, 여기서 꽤 먼 곳이었다. 서둘러야겠어.

"모니카, 진로를 동쪽으로 바꿔 줘."

"알겠어! 동쪽이지?"

궁니르는 다오라 산맥을 넘어 동쪽을 향해 계속 날아갔다. 성가신 일에 말려들지 말았어야 할 텐데. 아니, 이미 말려들었나?

"왜 이렇게 우리 아이들은 분쟁에 잘 말려드는지."

"토야가 그런 말을 할 처지가 되는가?"

"이건 아빠의 유전이야. 틀림없어."

죄송합니다.

다오라 산맥을 넘자 한동안 아무것도 없는 황야가 계속되었다. 드문드문 가도(街道)와 마을이 보였지만 오가는 사람은 적었다. 여기는 프리물라 왕국에 가까운 곳이니, 레판 왕국에서는 변경인 거겠지.

프리물라 왕국과 레판 왕국 사이에는 다오라 산맥이 있어 양국을 잇는 가도는 북쪽과 남쪽에 있는 해안가의 큰길 두 군데뿐이었다.

그 가도마저도 사람의 왕래는 잦지 않아 보였다. 프리물라 사람으로선 내전으로 위험한 나라에는 별로 가고 싶지 않을 테고, 레판 왕국은 망명자가 나오지 않도록 변경을 다스리는 영주가 단속을 강화했다고 들었다.

실질적인 쇄국 상태나 마찬가지구나. 최대한 원만히 해결됐으면 하는 바람인데…….

"마스터. 레판 왕국에 진입했는데, 어디로 가려고?"

궁니르 조종석에 앉은 모니카가 돌아보며 물었다. 나는 모니카 눈앞에 스마트폰으로 지도를 공중에 투영한 뒤, 점멸하는 장소를 가리켰다.

"여기야. 이곳으로 가 줘."

"음~. 성채 도시 앗시라? 여기서 동쪽으로 꽤 가야 하네?"

"얼마나 걸릴까?"

"고속 비행정 궁니르를 얕보지 마. 30분도 안 걸려."

모니카가 자신감 넘치게 말했지만 솔직하게 말하자면 내가 【플라이】 마법으로 나는 게 더 빠르다.

그렇다고 이런 분위기를 망칠 생각은 없다. 일행이 있을 때는 이게 더 편한 것도 사실이니까.

스텔스 모드 상태로 동쪽으로 계속 날아가자 군대로 보이는 무리를 발견했다.

모니카에게 잠시만 공중에 멈춰 달라고 부탁해 나는 아래의 모습을 살폈다.

병사로 보이는 사람들이 갑옷을 입고 말 같지만 말이 아닌 동물에 올라타고 동쪽으로 가고 있다.

원래 이곳에선 저런 군대처럼 보이는 사람들은 보기 힘들다. 서방 대륙에서는 대체로 고렘 병사이니까.

그런데 몇 명인가는 파워드 슈트 같은 옷을 입고 있네. 저건 장비형 고렘 맞지? 미스릴이 지표에 많이 노출돼 있는 이 나라에서는 제대로 움직이지 않는다고 하지 않았었나?

"미스릴이 고렘에 영향을 미치는 이유는 마스터의 명령 계통이 방해를 받기 때문이야. 방해를 받으면 명령받지 않은 행동을 하려고 하거나, 어중간하게 명령에 따르거나 하거든. 장비형 고렘은 마스터의 명령이 직접 마력과 에테르 라인을 통해 전해지니 별로 영향을 받지 않아."

그랬구나. 그래서 장비형 고렘뿐이었던 거야. 그런데 그래선 고렘이라기보다는 그냥 파워드 슈트 아닌가?

자율적인 의사가 있다면 AI 탑재형 파워드 슈트인가……? 그런 파워드 슈트라면 히어로 영화에 나왔었지?

"이보게, 토야! 이제 충분하지 않은가! 어서 스테프가 있는 곳으로 가세!"

"아차, 미안!"

우리의 대화에 애가 탔는지 스우가 다그쳤다.

저 군단이 우리가 가려는 방향으로 가고 있어 조금 신경 쓰이긴 했지만, 지금은 그보다도 해야 할 일이 있었다.

다시 궁니르가 최고 속도로 하늘을 날기 시작했다.

이윽고 조금 높은 언덕 위에 몇 겹이나 성벽이 둘러쳐진 성채 도시가 눈에 들어왔다. 저기가 앗시라라는 도시인가?

"그런데 토야, 황금 고렘은 어디에 있는가?"

"잠깐만 기다려 봐. 지금 확대할게. 아. 역시 중앙의 큰 성에 있어."

스마트폰의 화면을 확대해 성채 도시의 지도를 펼쳐 보니 빛은 도시 중앙의 성 같은 건물 안에서 점멸하고 있었다.

여왕의 측근이 되었다면 그렇지 않을까 생각은 했지만……

"좋아, 돌진해 들어가세!"

"자자, 잠깐만. 부인, 진정하세요."

스우가 위험한 소리를 해서 최선을 다해 말렸다. 여긴 외국이야. 교류도 없는 나라의 여왕이 거주하는 곳에 돌진해 들어가면 안 돼.

"무슨 소린가. 토야도 지금껏 비슷한 행동을 몇 번이나 했지 않은가. 새삼스럽구먼."

윽. 그렇게 말하면 반론할 수 없긴 하다. 가족에게 이런 말을 들으니, 초대형 부메랑이 되돌아와 얻어맞은 기분이 든다.

아무리 그래도 역시 돌진할 수는 없다. 무엇보다도 우리는 스테프의 모습을 확인하지 못했다. 소문을 듣고 황금 고렘을 뒤쫓아왔을 뿐이다.

만에 하나 스테프가 아닌 전혀 엉뚱한 사람이라면 우리는 대의명분을 잃는다. 단순한 습격자로 전락한다.

"그럼 임금님의 특기를 살려 '몰래 숨어들' 거야?"

"사람을 좀도둑처럼 묘사하지 말아 줄래?"

물론 자주 하는 짓이지만! 특기긴 하지만!

그것도 생각해 볼 방법이긴 한데……. 서방 대륙에서는 침입자를 막기 위한 대책으로 문지기가 순회하는 일 외에도 다양한 센서를 설치해 보안을 강화한다. 열 감지나 적외선 감지 기능이 탑재된 자율형 고렘을 이용해서.

그래서 【인비저블】로 모습을 감춰도 발견될 가능성이 있다.

이럴 때는 우리가 직접 침입하기보다도, 그런 대책에 알맞은 인재를 보내야 더 낫지 않을까 한다.

일단 스텔스 상태의 궁니르를 공중에 정지시킨 후, 나와 스우, 사쿠라와 요시노는 성채 도시 앗시라의 인기척 없는 뒷골목으로 【텔레포트】를 사용해 이동했다.

그리고 소환술로 아기 호랑이 상태의 코하쿠를 불러냈다.

《부르셨습니까, 주인님.》

"응. 코하쿠의 힘을 빌리고 싶어서."

코하쿠는 신수(神獸)이자, 짐승들의 왕이다. 나는 쥐 같은 작은 동물에게 명령해 저 성안을 탐색해 달라고 부탁했다.

《알겠습니다. 잠시 기다려 주십시오.》

코하쿠가 하늘을 향해 으르렁거리자 뒷골목에 쥐들이 우르르 몰려들었다.

"히익!"

"너, 너무 많지 않은가 하네만."

발밑에 모여든 쥐들을 보고 겁을 먹은 사쿠라와 스우가 나에게 달라붙었다. 반면에 요시노는 아무렇지도 않은 듯했다.

우리에게는 들리지 않는 목소리로 코하쿠가 한마디 명령을 내리자, 쥐들은 일제히 뒷골목에서 사라져 갔다.

《한두 시간이면 저 성으로 잠입할 수 있는 경로를 발견하겠지요.》

저 많은 쥐들이 사방팔방으로 숨어들면 어디가 안전하고 어디가 위험한지 자세히 알 수 있게 되겠지. 성의 겨냥도도 만들 수 있다. 당연히 안전하게 잠입할 수 있게 된다.

스테프가 정말로 저곳에 있는지 쥐들에게 확인을 부탁하자.

"그때까지 기다릴 겐가? 토야가 【미라주】로 모두의 모습을 바꾸면 억지로 성에 들어가 스테프를 납치해도 브륀힐드가 비난받을 가능성은 없지 않은가."

"스우. 어린이 앞에서 납치하라든가 그런 소린 하지 마. 교육에 안 좋아."

"윽, 미안하네……."

사쿠라가 살짝 째려보자 스우가 사과했다. 무슨 소릴. 어차피 몰래 들어가는 거니 교육에는 안 좋아 보이는데. 요시노는 별로 신경 안 쓰는 모습이지만.

그리고 보니 요시노는 【텔레포트】를 사용할 줄 알았구나. 그러면 평소부터 무단침입쯤이야 자유롭게 가능하지 않나? '몰래 들어가면 안 돼.' 라고 교육하기에는 이미 늦어버렸을

지도 모른다.

혹시라도 들킬지도 모르니 【미라주】는 걸어두는 게 더 나을지도 모르지만.

하여간 저 성에 정말로 스테프가 있는지 없는지, 먼저 그걸 확인해야 한다.

"으음, 여기서 계속 기다리고만 있으려니 답답하구먼."

"스우 어머니, 그러면 우리 밥 먹자! '배가 고파선 전투를 할 수 없다.'라고 야에 어머니가 말했었어."

요시노가 끙끙거리는 스우의 손을 잡아끌며 앗시라의 큰길로 나갔다. 우리도 그 의견에는 찬성이어서 두 사람의 뒤를 따라갔다.

앗시라는 성채 도시답게 튼튼하게 지어진 집들이 즐비했다. 나무와 벽돌로 만든 꾸밈이 없는 건물에서는 오랜 역사가 느껴졌다.

당연하지만 서방 대륙의 나라인데도 고렘의 모습이 보이지 않았다. 거리를 달리는 마차도 고렘 마차가 아니라 평범한 마차였다. 마차를 끄는 동물은 말이 아니었지만.

거리를 오가는 사람들의 얼굴은 조금 그늘져 있었다. 이 나라는 지금 내전 중이다. 게다가 나라의 정상인 여왕은 왕도에서 쫓겨났다. 어두워지는 것도 어쩔 수 없는 일인가.

자, 어디서 먹을까. 코하쿠도 있으니 레스토랑은 될 수 있으면 피해야 할 듯했다.

"아버지, 여기! 저거 먹고 싶어!"

요시노가 발견한 곳은 달콤한 향기가 나는 노점이었다.

작고 동그란 음식을 잔뜩 쌓아놓고 팔고 있었다. 뭐지? 타코야키? 아니구나. 금방울빵이구나.

"아저씨. 큰 봉투 하나 주세요!"

"네, 알겠습니다!"

노점 아저씨는 종이봉투에 툭툭 금방울빵으로 보이는 음식을 담기 시작했다. 한 봉지로는 모자라겠는데?

돈을 낸 우리는 근처에 있던 공원으로 보이는 곳에 가서 먹어 보기로 했다.

마침 벤치가 있어서 우리는 모두 그곳에 걸터앉았다.

"자, 아버지."

"고마워. 어? 아직 뜨겁네…….'

요시노가 건네준 금방울빵은 아직 조금 뜨거웠다. 오자미던지기를 하듯 금방울빵을 입에 쏙 던져 넣었다. 앗, 뜨뜨뜨.

음. 역시 금방울빵이야, 이건.

"코하쿠도 먹을래?"

《아니요, 지금은……. 식으면 먹겠습니다.》

요시노가 하나 권했지만 코하쿠는 난처한 표정을 지으며 거절했다. 요시노, 코하쿠는 고양이처럼 뜨거운 음식에 약해서그래.

적당히 식었는지 사쿠라도 스우도 금방울빵을 입에 쏙쏙 넣으며 먹기 시작했다.

"꽤 맛있어. 적당한 달콤함이 딱 좋아."

"그렇구먼. 토야, 다른 가족과 친구가 먹을 음식도 사 가면 어떻겠나."

두 사람도 금방울빵이 마음에 든 듯했다. 요시노도 지지 않겠다는 듯이 봉투에서 금방울빵을 꺼내 우걱우걱 먹었다. 정말 잘 먹네……. 이런 카스테라 계열의 빵은 너무 급하게 먹으면 목이 메고 그러지 않나?

그런 생각을 하는데 아니나 다를까 요시노가 목이 메는지 가슴을 팍팍 두드렸다. 자, 오렌지주스.

【스토리지】에서 꺼낸 컵에 든 오렌지주스를 요시노가 벌컥벌컥 마시고는 살았다는 듯 숨을 내쉬었다.

동시에 좌우에 있던 엄마 두 사람도 목이 멨는지 요시노처럼 팍팍 가슴을 두드렸다. 애들이 참.

어이없기도 하고 감탄스럽기도 한 마음으로 나는 두 사람에게도 오렌지주스가 든 컵을 내밀었다. 못 말려 정말.

먼저 스우의 말대로 선물로 줄 금방울빵을 조금 전 그 노점에서 몇 봉지인가를 사 왔다. 먹을 때는 꼭 음료수도 같이 준비해 둬야겠어.

스테프도 같이 먹게 되면 좋겠다.

《음? 주인님, 척후병들이 돌아왔나 봅니다.》

직은 금방울빵을 먹던 코하쿠가 말했다.

살펴보니 공원 입구에 쥐 한 마리가 가만히 우리를 바라보고 있었다.

《스테프 님으로 보이는 어린이가 정말 성안에 있다고 합니다. 그리고 그 옆에는 황금색의 작은 고렘도 있다고 하는군요.》

　나는 코하쿠의 보고를 듣고 살짝 눈썹을 들어 올렸다. '황금색의 작은 고렘'? 역시 '금색' 왕관인가?

　'금색' 왕관은 사신의 사도들한테 있다고 생각했는데…….설마 스테프의 근처에 사신의 사도가 있나?

　"아무래도 빨리 결판을 지어야겠어. 그 성으로 몰래 잠입하자."

　"알겠습니다. 쥐에게 얻은 성채 안의 정보는 이미 머릿속에 입력해 두었습니다. 안심하시길."

　"그래! 스테프를 데리러 가세!"

　"그래야 임금님이지. 역시 침입왕이야."

　악, 그렇게 부르지 마. 좀도둑 왕이 된 기억은 없거든?

　스테프 '로 보이는' 존재가 있다는 사실을 확인한 우리는 바로 도시 중앙에 있는 성채로 발길을 돌렸다. 우리는 도중부터 【인비저블】을 사용해 모습을 지운 채로 성에 잠입을 시도했다.

　"제법 높구먼."

　스우가 높이 솟아 있는 성채의 벽을 올려다보며 말했다. 낮이라 사람이 많겠지만, 【인비저블】로 우리의 모습은 보이지 않으니 문제는 없다.

"좋아. 가 볼까."

나는 스우와 사쿠라, 코하쿠를 안은 요시노까지 세 사람을 【레비테이션】으로 띄운 다음 【플라이】를 사용해 성벽을 뛰어넘어 아무런 어려움 없이 벽 안으로 침입했다.

내가 생각해도 참 숙달된 솜씨다. 음, 침입왕이라는 이름도 꼭 틀린 말은 아니었던 건가.

성채 안으로 이어지는 입구에 문지기가 서 있었지만, 우리는 바로 옆을 소리를 내지 않으며 슬쩍 지나갔다.

"사쿠라, 고렘이 오면 알려줘."

"알았어."

사쿠라의 귀는 아주 작은 고렘의 구동음도 포착할 수 있다. 온갖 곳의 수많은 소리 중에서 그것만을 골라낼 수 있다.

빨간색 카펫이 깔린 복도를 지나 코하쿠가 쥐한테서 얻은 정보를 의지해 스테프가 있으리라 생각되는 장소로 우리를 안내해 주었다.

꽤 복잡한 통로네. 아니지. 성채니까 복잡해야 공격당해도 방어가 쉬운가?

이곳은 공격당하면 최후의 요새가 된다. 함정 하나 정도는 있어도 이상하지 않다. 떨어지는 천장이 있거나 하진 않겠지?

"임금님, 이 모퉁이 앞에 고렘이 있어. 우릴 향해 오는 중이야."

내가 복도의 천장을 힐끔 보는데 사쿠라가 경고했다.

음? 어쩌지? 【인비저블】을 걸었으니 모습은 보이지 않겠지만, 상대가 고렘이라면 열이나 소리로 들킬 염려도 있다.

공장제 싸고 성능이 낮은 고렘이라면 그냥 지나칠지도 모르지만, 이 성채에 배치된 이상 그런 희망은 버리는 게 좋다.

복도는 L자형으로 옆으로 비켜설 장소가 없었다. 자, 어떻게 할까.

"사쿠라. 이리로 오는 고렘은 몇 대야?"

"한 대."

한 대라. 그러면 동료를 부르기 전에 기능을 정지시킬까.

상대도 모퉁이를 돌기 전에는 앞에 인간이 있다고 눈치를 챘다고 해도 성안의 인간이라 판단하고 있을 가능성이 크다.

가만히 기다렸다가 기습을 하여 【크래킹】으로 에테르 라인을 닫아 기능을 정지……. 그래, 그렇게 하자.

모두 조금 떨어져 있게 한 다음, 나만 벽에 붙어 고렘이 오기를 기다렸다.

모퉁이 앞에 고렘의 그림자가 보였을 때, 나는 【텔레포트】로 순식간에 고렘의 등 뒤로 전이했다.

"【크래】……?!?!"

"음?"

그 고렘을 뒤에서 건드리려고 하다가 나는 잠시 머뭇거리고 말았다.

왜냐하면 그 기체는 내가 잘 아는 것과 비슷한 기체였으니까.

3등신의 작은 기체. 고대 기체이자, '왕관'^{레거시}이라 불리는 시리즈의 하나. 검은색, 하얀색, 빨간색, 보라색, 은색. 이 다섯 가지가 우리 나라에 있다.

그리고 눈앞에 있는 기체의 색은 황금. 틀림없이 이건 '금색' 왕관이다.

하지만 왕관이긴 해도 이건 사신의 사도와 관련이 있을 테니, 제압하지 않을 이유는 없었다.

"【크래킹】!"

나는 '금색' 왕관에 손을 대고 【크래킹】을 발동했다.

하지만 내 【크래킹】은 보이지 않는 장벽에 막혀 불발로 끝났다. 이건……!

튕겨 나가듯이 '금색' 왕관이 뒤로 물러서더니 허리에 장비한 검을 빼냈다.

'검은색' 왕관 느와르가 가지고 있는 것과 비슷한 짧은 검이었지만 기체처럼 황금색 빛을 발하는 검이었다. 그것이 두 자루. 양손에 들고 사용하는 이도류인가.

'금색' 왕관은 모습과 형태도 느와르와 무척 닮았다. 그러나 이 '금색' 왕관이 더 기사다운 느낌이었다. 바이저 같은 부분도 있고, 망토 같은 것도 달고 있어서.

《모습 없는 침입자에게 경고. 얌전히 포박당한다면 투항을 인정하겠다.》

당연하지만 들켰다. 나는【미라주】로 환영을 두른 뒤【인비저블】을 해제했다.

침입자가 있다는 사실이 발각된 이상 내가 아닌 침입자가 필요했다.

【미라주】는 환영을 만들어 내는 마법. 상대의 뇌에 간섭해 환영을 보여 주는 마법이 아니었다. 그 모습 자체는 현실에 존재하기 때문에 사진도 찍을 수 있고 녹화도 가능하다.

고렘도 눈에 달린 카메라로 화상을 얻고 있을 테니, '금색' 왕관의 Q크리스털에는 내가 아닌 다른 남자가 기록되고 있다고 보면 된다.

그보다도.

조금 전 나의【크래킹】을 막은 그 '결계'.

그건 틀림없이……

"임금님! 저편에서 누가 오고 있어! 엄청난 속도야!"

사쿠라의 목소리가 들렸다. 돌아본 내 눈에 날아든 모습은 나를 향해 말도 안 되는 속도로 돌진해 오는 금발의 어린 소녀.

"에~~~~~잇!"

"크으윽?!"

정면으로 달려온 그 아이는 로켓처럼 머리를 앞으로 내밀며 나에게로 날아왔다. 문자 그대로 날아왔다.

가슴을 강타한 말할 수 없는 통증. 마치 강철 해머로 얻어맞은 듯한 충격을 받은 나는 복도 위를 떼굴떼굴 구르며 날아갔다.

"나쁜 자식! 골드를 괴롭히지 마라!"

마치 나한테서 '금색' 왕관을 지키는 모습처럼 우뚝 버티고 서 있는 다섯 살 정도의 소녀.

어머니처럼 약한 웨이브 머리인 긴 금발에 초록눈. 잔뜩 치켜세운 눈은 똑바로 나를 노려보고 있었다.

남색 바탕의 원피스 위에 흰 옷깃의 볼레로. 흰 양말과 검은 메리제인.

틀림없다. 이 아이가 스테프다.

조금 전에 【크래킹】을 튕겨낸 결계. 그건 분명히 【프리즌】이다.

미리 저 '금색' 왕관이 마법 공격을 받지 않도록 설정해 둔 거겠지.

그리고 방금 그 태클. 【액셀】을 걸고 【프리즌】을 두른 다음 시도한 몸통 박치기. 아이들이 말했던 '스테프 로켓'.

정말 이건 너무 아프다. 다시는 당하고 싶지 않다. 그런 생각을 하는 나를 향해 스테프가 다시 【액셀】 도움닫기를 하며 날아왔다. 잠깐?!

"【프리즌】!"

스테프와 마찬가지로 나도 【프리즌】을 둘렀다. 막으라고 지정한 대상은 【프리즌】이었다.

내 【프리즌】이 지정한 대로 스테프의 【프리즌】을 막았다.

꽈앙! 결계끼리 부딪치는 소리가 들리자마자 곧장 퍼엉! 하

고 서로의 【프리즌】이 소멸했다.

"어?!"

스테프가 눈을 똥그랗게 떴다. 마법이 서로 상쇄되는 일은 사실 드물지 않다. 【프리즌】을 사용할 줄 아는 사람이 거의 없을 뿐이었다.

순간적으로 놀랐던 스테프가 다시 【프리즌】을 두르고 이번엔 전력으로 거리를 벌리려고 달리기 시작했다.

"앗!! 잠깐, 잠깐! 멈춰, 스테프!"

"스테프! 그만두거라!"

【액셀】을 최대한으로 사용해 나에게 달려들려고 한 순간, 스테프가 두 사람의 말을 듣고 우뚝 멈췄다.

본인을 발견했다. 더는 모습을 바꾸고 있을 필요도 없다. 침입한 일은 나중에 어떻게든 사과하자.

나는 【미라주】를 해제하고 스우를 비롯한 나머지의 【인비저블】도 해제했다.

"아버지……?"

"데리러 왔어, 스테프."

내가 말을 걸자 놀란 얼굴이 순식간에 미소로 변하더니, 스테프가 힘차게 달려 나에게 몸을 부딪쳐 왔다.

"아버지다! 아버지! 아버지!!!"

"크윽?!"

결국 또 스테프의 몸통 박치기를 맞고 말았다. 그래도 이번엔 단단한 충격이 아니라 부드럽고 온기가 가득한 충격이었다.

나에게 달라붙은 스테프를 안으려고 했는데, 스테프는 스으 내 팔을 빠져나가 버려 내 팔은 허공을 가르고 말았다. 어라라?

"어머니!"

"스테프!"

팔이 허공을 가른 나를 두고 스우와 스테프는 서로 껴안으며 재회의 기쁨을 나눴다. 그거야 보기 좋은 모습이긴 한데…….

"움직이지 마라! 네놈들은 어디의 부하들이냐?!"

겨우 스테프와 만났다고 생각했는데, 우리는 창을 든 성안의 병사들에게 둘러싸이고 말았다.

우린 틀림없는 침입자니 어쩔 수 없나. 【미라주】도 해제했고, 스우를 포함한 우리 모두는 완벽히 모습을 드러낸 상태였다.

【텔레포트】로 도망칠까? 아냐, 딸이 신세를 졌으니 부모로서 정식으로 이 나라의 여왕 폐하에게 감사의 인사를 해야만 하나.

나이를 봐선 딸이라고 해도 믿어주지 않을 테니, 친척이라고 말할 수밖에 없겠지만.

"안 돼~! 이 사람들은 스테프의 가족이야! 적이 아냐!"

내가 대략적으로 사정을 설명하려고 병사들 앞에 나가려 했는데, 그 전에 스테프가 우리를 감싸듯이 앞으로 나섰다.

병사들은 서로의 얼굴을 마주 보며 어찌할 바를 몰라 했지만, 곧 그중에서도 병사장으로 보이는 사람이 창을 거두라고 명령했다.

"객장이신 스테파니아 님의 가족이라면 어쩔 수 없지. 가능하면 정식으로 문을 지나 들어와 주셨으면 좋았을 텐데요."

"죄송합니다. 저희도 스테프가 어떤 상황에 놓여 있는지 몰랐거든요."

조금 가시가 돋친 말을 하는 병사장에게 나는 솔직히 사과했다. 그런 불평도 당연한 일이었으니까.

하지만 대놓고 '스테프의 친척입니다. 만나게 해 주십시오'라고 말해도 만나게 해 줬을지 어떨지는 좀 알 수 없는 일이지만.

그런데 스테프, 객장 대접을 받았단 말이야? 다섯 살짜리 어린이를 객장으로 삼다니 이 나라 정말 괜찮은가?

"그래서 말인데 스테프를 데리고 가도 될까요?"

"아, 아니요. 그건 잠깐 기다려 주십시오. 스테파니아 님이 떠나시면 이 성이 함락되고 맙니다."

병사장이 당황하며 말했다. 그럴 거라고는 생각했지만, 역시 여왕 폐하 진영은 스테프가 간신히 방어해 주고 있는 상황이었나?

그래서 스테프가 떠나면 곤란하다고. 하지만 그건 이 사람들의 사정일 뿐 우리가 따라야 할 이유는 없었다.

"아버지. 여왕님을 만나줘. 아버지라면 '레가리아'를 찾을 수 있잖아?"

어떻게 스테프를 데리고 돌아갈지 고민하는 나에게 스테프가 갑자기 그런 말을 꺼냈다.

'레가리아'? '레가리아'라면 '레갈리아'를 말하나? 왕권의 상징이란 뜻이었지? 일본의 삼종신기나 중국의 전국옥새 같은 물건이다. 레판 왕국에도 그런 레갈리아가 존재하는 건가.

"그게 정말입니까?! 당신은 레갈리아를 찾을 수 있습니까?!"

"글쎄요. 탐색 마법은 사용할 수 있지만, 100% 찾을 수 있다고는……."

"마법인가?! 스테파니아 님이 사용하는 것과 같은 힘을 말하는 거죠?! 그렇다면 우리 여왕 폐하를 만나 이야기를 들어주셨으면 합니다!"

어?! 딸을 데리고 얼른 돌아가고 싶은데요.

내가 탐탁지 않은 표정을 지어서 그런지 스테프가 내 소매를 끌어당겼다.

"아버지, 부탁할게. 여왕님은 스테프를 다정하게 대해 주셨어. '일숙일반의 은혜'를 베풀어 주셨어."

"왠지 심각해?!"

일숙일반(一宿一飯)의 은혜라니. 그건 도박꾼의 인의 아니었나? 누구야, 이런 말을 가르쳐 준 사람! 난가?! 미래의 나구나, 이 바보가!

크윽. 딸의 부탁을 무시할 만큼 지금의 나는 감정이 메마르지 않았다. 설득을 도와 달라고 어머니인 스우를 쳐다봤는데, 스테프가 이미 스우를 거의 설득한 상태였다.

"어머니도 부탁할게."

"으으음. 그렇구먼……. 신세를 졌으니 인사를 안 하면 안 되지. 토야, 이야기만이라도 들어 주면 어떤가."

"야호!"

스테프의 부탁에 스우도 순식간에 함락되었다. 함락이라고 할지, 스우는 지금껏 본 적 없을 만큼 좋아서 어쩔 줄 모르는 모습이었다.

딸을 겨우 만나 긴장이 풀렸을지도 모른다.

스우의 말대로 상대에게 타산적인 이유가 있다 해도, 신세를 졌으면서 인사도 없이 떠나선 예의도 모르는 사람이 되고 만다. 아이 앞에서 그런 짓을 할 수는 없지.

"그럼 이쪽으로 오시지요."

레판 여왕 폐하와 대면하게 된 우리는 병사장의 안내를 받으며 성안을 걸었다. 그리고 당연하게도 황금 고렘 한 대가 우리를 따라왔다.

"스테프. 아까부터 궁금했는데 저 고렘은 '금색' 왕관이야?"

"'금색'【왕관】? 저건 골드인데?"

스테프가 무슨 소리야? 하는 표정으로 고개를 갸웃했다. 으음, 어떻게 물어보면 될까. 미래의 브륀힐드 성에는 '흰색'

왕관인 아르부스도 있을 테지만, 다들 평소에도 '흰색' 왕관이라고 부르지는 않겠지?

"있지, 골드하고는 어디서 만났어?"

"음~. 파이스 마을 근처? 골드는 하늘에서 떨어졌어."

"뭐?"

스테프의 설명에 따르면 이렇다.

스테프는 레판 왕국의 남쪽 골손 지방의 가도 근처의 깊은 숲속에 출현했다.

사전에 차원의 틈새에서 토키에 할머니에게 여러 가지 주의를 들었는데도 불구하고 처음 보는 세계에 잔뜩 흥분한 스테프는 숲속을 이리저리 뛰어다니며 습격하는 곰이나 늑대를 때려눕혔고, 그것도 모자라 스마트폰을 떨어뜨리고 말았다고 한다.

에엑……. 나는 안타까운 기분이 들었지만 요시노가 말하길 스테프는 미래에서도 자주 스마트폰을 떨어뜨렸으니 이게 평소 모습이라는 모양이었다. 이 아이는 무언가에 열중하면 주의력이 크게 산만해지는 듯했다.

하여간, 그러다가 배가 고파진 스테프는 숲을 탈출하려고 【프리즌】 결계를 두른 다음 【액셀】을 최대 출력으로 발동해 나무들을 짓뭉개며 일직선으로 숲속을 폭주했다.

애한텐 환경 파괴가 뭔지 알려줘야겠어…….

그러다가 스테프는 숲의 상공에 뻐끔 구멍이 뚫려 있는 장소를 발견했다고 한다.

"구멍?"

"응. 이렇게, 쿠오오 하고, 푸화악, 파직파직! 하고, 빙글빙글빙글 하는 구멍이 하늘에 있었어."

……전혀 무슨 소린지 모르겠다.

"고렘이다!"

하늘에 뚫린 구멍에서 떨어진 황금 고렘을 본 스테프는 경계하지도 않고 그 고렘에게 다가갔다.

물론 온갖 존재를 튕겨내는 【프리즌】을 두른 상태였다. 스테프는 무의식적으로 항상 이 【프리즌】을 발동시켰다.

스테프에게 【프리즌】은 옷이나 마찬가지로, 안전하지 않은 장소에서는 그걸 절대 벗지 않는다.

스테프에게 안전한 장소란 가족이 있는 곳이었다. 그 이외의 장소에서는 잠을 잘 때조차 【프리즌】을 해제하지 않았다.

그게 일상이어서 스테프는 경계심이 약했다. 절대(꼭 그렇지도 않지만) 안전하기에 경계할 필요도 없긴 했지만.

스테프가 나무에 몸을 기대고 있던 황금 고렘에 다가갔다.

크게 망가진 데는 없어 보였지만, 여기저기에 금이 가고 틈이 벌어져 있었다. 너덜너덜한 상태였다. 마치 무언가 커다란 힘으로 마구 얻어맞은 듯한 모습이었다.

황금 고렘은 꿈쩍도 하지 않았다. 두세 번 톡톡 두드려 봐도 전혀 반응을 보이지 않았다.

고렘이 떨어져 내려온 하늘을 올려다보니 파직파직 스파크가 튀면서 소용돌이를 그리던 구멍이 점점 작아지더니 이윽고 슈우욱하고 흔적도 없이 사라졌다.

"떨어질 때 망가진 건가?"

스테프는 움직이지 않는 고렘을 보고 고렘을 좋아하는 언니를 떠올렸다.

쿤이었다면 분명 이 고렘을 보고 기뻐했을 텐데. 그리고 이 고렘을 고쳐줬을 텐데.

문득 스테프의 머릿속에 고렘인 파라를 쿤이 점검했을 적의 기억이 스쳐 지나갔다.

분명히 그건…….

"어~. 【오픈】?"

스테프는 언니의 모습을 흉내 내며 황금 고렘의 가슴에 손을 대고 마력을 흘렸다.

푸슉하고 공기가 빠지는 소리가 들리더니, 고렘의 가슴이 위아래로 열렸다. 고렘의 심장부라 할 수 있는 G큐브가 태양빛을 받아 반짝반짝 빛났다.

일단 열어 본 데까지는 좋았지만, 스테프는 이제 어쩌면 좋을지 하나도 몰랐다.

스테프는 조심조심 G큐브를 건드려 보았다. 이 G큐브가 고렘의 중요한 부품이라는 건 스테프도 언니한테 배워서 알고 있었다.

젤 상태인 구체의 보호를 받는 G큐브를 꺼내 봤지만 아무 일도 일어나지 않아 스테프는 그걸 원래대로 돌려놓았다.

《경고. 마스터 정보를 등록할 수 없습니다. 다시 시도해 주십시오.》

"으악?!"

갑자기 말을 시작한 고렘을 보고 스테프가 놀라 엉덩방아를 찧었다.

이건 입력 서포트용 음성 안내였지만 스테프는 고렘이 말했다고 착각했다.

《경고. 마스터 정보를 등록할 수 없습니다. 다시 시도해 주십시오.》

수상쩍게 고렘을 관찰하던 스테프는 그 말만을 반복하는 고렘에게 질렸다는 듯이 말을 걸었다.

"어떻게 하면 돼?"

《마스터가 될 인물의 머리카락, 손톱, 피부 등의 일부를 G큐브에 투입해 주십시오.》

하라는 대로 스테프는 어머니에게 물려받은 금색 머리카락

하나를 뽑아 밖으로 꺼낸 G큐브에 넣고 다시 되돌려 놓았다.

분명히 언니도 똑같은 일을 했었다. 이 행동은 잘못되지 않았다고 스테프는 확신했다.

《재기동합니다. 기능 정지 전의 정보를 파기하겠습니까? 파기하면 본 기체의 사고, 행동, 능력에 지장이 생길 수도 있습니다. 파기해도 되겠습니까?》

"지장? 파기? 음~. 잘 모르겠지만 괜찮아."

《알겠습니다. 정보를 소거합니다. ……소거하였습니다. 해치를 닫고 한 번 더 마력을 흘려 주십시오.》

스테프는 《해도 되겠습니까?》라고 질문하기에 아무런 생각도 없이 '네.' 하고 대답했을 뿐이었다.

이 행동은 고렘의 두뇌인 Q크리스털의 초기화였지만, 스테프가 그걸 알 리 없었다.

음성 안내에 따라 가슴의 해치를 닫고 스테프는 한 번 더 마력을 넣었다.

《크라운 시리즈, 형식 번호 CS-10 '세라픽 골드', 재기동합니다. 마스터의 성명을 등록해 주십시오.》

"마스터의 성명?"

《이름을 말씀해 주십시오.》

"스테프야. 스테파니아 브륀힐드."

《등록했습니다. 마스터 등록 변경 완료.》

골드라는 이름의 황금 고렘은 바이저를 열더니, 카메라의 눈으로 스테프의 모습을 포착했다.

　그리고 나무에 몸을 기대고 있던 작은 고렘은 몸을 일으키더니 천천히 자리에서 일어섰다.

《내 이름은 세라픽 골드. 당신의 충실한 종입니다. 부디 명령을 내려주십시오. 마스터.》

◇　◇　◇

"마스터 계약을 했어?!"

　워워, 잠깐만. 스테프는 이 '금색' 왕관이랑 마스터 계약을 했단 말이야?!

　유미나와 '흰색' 왕관 아르부스는 가계약이다. 유미나에게는 적성이 없지만, 선조인 아서가 이전 마스터였기 때문에 혈연관계로 맺는 서브 마스터 계약을 한 상태다.

　이 계약이라면 '대가'를 지불하는 왕관 능력은 사용할 수 없으니 걱정은 필요 없다.

　그렇지만 스테프는 다르다. 정식 계약을 체결했다. 이건 즉, '대가'를 필요로 하는 왕관 능력을 사용할 수 있다는 말이다.

　"넌 '금색' 왕관이야? 왕관 능력은 뭐야?"

《앞선 질문은 긍정. 뒤의 질문에는 대답 불가능. 나에게

왕관 능력은 없다.》^{크라운 스킬}

내 질문에 뒤에서 따라오던 골드가 대답했다. 그러고 보니 실버가 크롬 란셰스는 '대가'가 없는 고렘을 만들었다고 했었지?

실버와 마찬가지로 골드도 '대가'가 없는 건가? 조금 안심이 되었다.

그런데 설마 스테프가 '금색' 왕관과 계약을 했을 줄이야…….

잠깐만. 아르부스의 마스터였던 아서 에르네스 벨파스트는 벨파스트 왕가의 선조다.

즉, 유미나뿐만 아니라 스우도 그 피를 이어받은 셈이다.

'은색' 왕관인 실버는 유미나의 아들인 쿠온과 계약했다. 그리고 스우의 딸인 스테프는 '금색' 왕관과…….

아서가 보유하던 '왕관' 관련 적성의 소질이 쿠온과 스테프에게 이어졌다? 만약 그렇다면 계약도 당연한 운명 같다는 생각이 들기도…….

뭐가 됐든 돌아가면 박사나 에르카 기사에게 철저히 골드를 분석해 달라고 하자. 스테프에게 부담이 되는 기체라면 무슨 대책을 마련해야만 한다.

그런데 이게 '금색' 왕관이라면 사신의 사도는 어떻게 '방주'를 입수한 거지? 내가 모르는 '왕관'이 아직 더 있나?^{아크}

"고렘은 이제 알겠다만, 이 나라의 여왕 폐하하고는 어떻게 알게 된 겐가?"

"그건 있지……."

"여왕 폐하께서는 이곳에 계십니다."

스우의 질문에 대답하려던 스테프의 목소리와 동시에 안내하던 병사장이 커다란 문 앞에 멈춰 섰다.

이렇게 됐으니 그 이야기는 본인한테 들어 볼까.

양문이 열리고 그 안에서 여성 한 명이 우리를 기다리고 있었다.

50대 정도의 그 여성은 별로 여왕 같지 않았다. 입고 있는 드레스도 화려하기는커녕 굳이 따지자면 수수한 편이었다. 여성은 둥근 안경을 착용한 얼굴로 싱긋 웃음을 짓고 있었다.

어딘가 모르게 스우의 어머니인 에렌 씨와 비슷해 보였다. 물론 에렌 씨는 여왕 폐하보다 훨씬 젊지만 나이가 들면 이런 모습이 되지 않을까 하는 생각이 들었다. 에렌 씨의 손녀인 스테프가 잘 따르는 이유가 절로 이해가 되었다.

"처음 뵙겠습니다. 브륀힐드 공왕 폐하. 레판 왕국의 여왕, 소냐 퀼 레판이라고 합니다."

"어? 저를 아시나요?"

"알고 있습니다. 스테프가 몹시 자랑을 많이 했으니까요."

그런 말을 하며 레판 여왕 폐하가 웃었다. 무슨 이야기를 했을지 궁금했지만 굳이 지금 물어보지는 말자.

"그런데…… 아주 젊은 아버지시군요. 이분이 어머니……?

저어……."

레판 여왕 폐하가 스테프와 손을 잡고 있는 스우의 모습을 보고 뭐라 표현하기 힘들다는 듯이 말을 흐렸다.

이 세계에서 결혼 적령기는 15~18세 정도이니, 스테프가 다섯 살이라 치면 나는 열세 살에 아버지가 된 셈이 되고, 스우는 여덟 살에 아기를 낳았다는 말이 된다. 이건 좀 역시 말이 안 된다.

"아, 아니요. 실은 스테프의 친척입니다. 아버지는 일종의 별명으로……."

"어? 아니…… 우웁."

무슨 말을 하려고 하는 스테프의 입을 스우가 아무 말 없이 막아 버렸다. 나이스.

"그러셨군요. 스테프는 열심히 설명을 했지만, 잘 이해가 안 되는 점도 많았지요."

왠지 알 것 같아요. 쿠오오, 푸화악 같은 설명을 하면 알아듣기 힘들 수밖에요.

여왕 폐하가 권하는 대로 우리는 소파에 앉았다. 여왕 폐하를 마주 보는 형태로 나와 스우가 스테프를 가운데에 두고 앉았고, 그 옆 소파에는 사쿠라와 요시노가 앉았다. 코하쿠는 내 발밑에, 골드는 조금 떨어진 곳에 서서 대기했다.

"먼저 스테프를 보호해 주셔서 감사합니다."

나는 먼저 여왕 폐하에게 고개를 숙였다. 상대에게도 여러

의도가 있겠지만, 잠자리와 음식을 제공해 준 것만큼은 틀림없는 사실이다. 부모로서 그 일에 감사를 표해야만 했다.

"아니요, 당치도 않습니다. 오히려 저희가 도움을 받았는걸요. 스테프가 없었다면 저는 죽을 수밖에 없었으니까요."

여왕 폐하의 이야기에 따르면, 마차로 이동하다가 가도에서 적대 씨족의 병사에게 습격당하는 자신을 지나가던 스테프와 골드가 구해 주었다고 한다.

나는 힐끔 스우를 보았다. 내가 스우를 구해 주었을 때도 같은 상황이었다는 생각이 들어서. 모녀가 같은 상황에…… . 아니, 스우와 스테프는 처지가 다른가. 한 사람은 도움을 받았고, 한 사람은 도와준 거니까.

그 이후에 여왕 폐하 일행이 도망친 마을도 그 씨족의 군세가 습격을 했는데, 그 습격도 스테프 혼자서 물리쳤다고 한다.

그야 【프리즌】이 있으니까. 들자 하니 성문 앞 다리 앞에 자리를 잡고 혼자서 아무도 지나가지 못하게 했다고 한다. 뭐냐, 우리 딸이 장판파의 장비도 아니고.

그런데 혼자서 적에게 맞서다니…… .

"아니요. 혼자는 아니고, 우리 병사도 있었는데 스테프가 한꺼번에 날려 버리는 바람에…… ."

뭐라 설명하기 껄끄럽다는 듯이 여왕 폐하가 말했다.

아무래도 아군까지 날려 버린 모양이다. 스테프의 전투 방식은 【프리즌】으로 방어를 철저히 하고 【액셀】을 이용한 고속 이동으로 상대를 날려 버리는 방식이었다.

【프리즌】을 크게 키우면 벽이 고속으로 날아가 부딪치는 거나 마찬가지니까. 적도 아군도 없이 날아갈 수밖에.

결국 아군이 있으면 오히려 위험하니, 거의 스테프 한 명에게 맡길 수밖에 없었다고 한다.

"이런 어린이에게 의지할 수밖에 없어 너무 한심할 따름이었습니다……."

스테프를 보면서 여왕 폐하가 그런 말을 흘렸다. 그리고 자신의 무력함을 한탄하는 건지 어린이를 싸우게 만들어 후회하는 건지, 뭐라 형용하기 힘든 표정을 지었다.

"그 정도야 괜찮아. 그 대신 돈도 과자도 밥도 잘 받았으니, 곤란한 사람이 있으면 돕는 건 평범한 일이잖아. '정을 베풂은 사람을 위함이 아니다.' 야!"

"그래! 스테프, 아주 좋은 말을 하는구먼! 착한 아이야!"

"헤헤헤, 칭찬받았다!"

스우가 스테프의 머리를 쓰다듬어 주었다. 조금 쑥스러워하면서도 웃으며 쓰다듬는 손길을 받아주는 스테프. 으음, 나도 쓰다듬어 주고 싶지만 지금은 참자.

그런데 '정을 베풂은 사람을 위함이 아니다.' 라니. 조금 전의 '일숙일반의 은혜' 도 그렇지만, 이 아이는 이상한 말만 쓰네……. 가르쳐 준 사람은 역시 나겠지……?

이크, 지금은 여왕 폐하한테 얘기를 들어야 해.

"저~어, 그리고 조금 전에 스테프한테 들었는데, '레갈리아'를 찾고 계신다고요?"

"네. '레갈리아'는 예로부터 왕권의 증거로, 그것을 지닌 자가 레판의 왕이라 인정받습니다. 레판 왕국은 현재 여왕인 제가 속한 여왕파, 몇몇 반여왕파, 그리고 중립파까지 총 세 세력으로 나뉘어 다툼을 벌이고 있습니다. '레갈리아'를 수중에 넣으면 중립파는 우리에게 기울 테니, 반여왕파도 싸움을 그만둘 수밖에 없습니다……."

"실례합니다! 베리우스 후작의 군세가 이곳을 향해 오고 있습니다! 병력의 수는 2만입니다!"

갑자기 조금 전에 우리를 안내해 줬던 병사장이 이 방으로 다급히 뛰어 들어왔다.

군세? 아, 혹시 조금 전에 그, 이곳을 향해 오던 사람들인가?

◇ ◇ ◇

《음~. 틀림없어. 오는 도중에 봤던 군대야. 정확한 숫자? 어…… 20348명인가. 그중에 고렘을 장비한 사람이 2037명. 색을 제외하면 거의 비슷한 형태이니 공장제일 거야. 비

행형은 없나 봐. 그리고 10분 정도면 이곳에 도착해.》

"알았어. 그대로 대기해 줘."

나는 스텔스 모드로 상공에 대기하고 있는 모니카와의 통화를 끊었다.

그리고 불안해 보이는 표정을 짓고 있는 여왕 폐하를 돌아보며 말을 걸었다.

"틀림없나 봅니다. 이곳을 향해 2만을 살짝 넘는 군대가 오고 있습니다. 앞으로 10분 후면 이곳에 도착한다고 합니다. 기의 문양은 바다뱀입니다."

"베리우스 후작의 군대입니다. 왕도를 점령한 블루송 공작의 동맹군이에요. 말이 동맹이지 실질적으로는 부하에 가깝지만요."

왕도를 점령한 블루송 공작이라는 사람이 보낸 군대인 모양이었다. 블루송 공작은 반여왕파의 필두 씨족으로, 왕가의 피도 이어받은 듯, 여왕 폐하 다음으로 높은 문벌이라는 듯했다.

그 공작에게 점거된 왕도는 현재, 계엄령이 발령된 가운데 엄격한 탄압이 이어져 시민들은 자유를 잃었다고 한다.

왕도를 제압했으니 자신이 왕위에 오르는 것이 합당하다고 다른 귀족들에게 과시하고 싶은 거겠지.

"이곳의 병력은요?"

"5000명 정도입니다. 제일 가까운 도시에서 원군을 부른다

해도 이틀은 걸립니다."

내 질문에 조금 전에 보고를 위해 찾아온 병사장이 대답했다. 상대의 약 4분의 1인가. 원군을 기대하며 농성전을 벌이기에는 충분한 숫자일지도 모르지만……

"바다뱀 깃발이면 또 그 아저씨야? 끈질기네."

"스테프, 왜 그러느냐. 알고 있는 게야?"

우리의 대화를 듣고 있던 스테프가 발끈한 표정으로 말했다.

"전에도 여왕님을 습격했어. 나랑 골드가 내쫓았지만. '이 똥강아지 자식! 뒈져라!' 라면서 시끄러웠어."

"좋아, 묵사발을 만들자."

우리 딸한테 '뒈져라' 라고? 백만 번 죽어도 모자라다. 아니지. 너무 쉽게 죽여 버리면 후회도 못 하잖아. 생지옥을 보여 줄까……?

"임금님. 진정해. 살기를 숨겨. 어른스럽지 못해. 아이들이 질색하잖아."

"아냐, 농담이야. 농담."

"네, 네에……."

사쿠라의 말을 듣고 제정신을 되찾은 나는 아이들보다 더 질색한 모습의 여왕 폐하를 보고 웃음을 지었다.

왜들 이러시는지 참. 겨우 그 정도로 정신줄을 놓을 리가 없잖아요.

덕분에 조금 진심으로 싸울 마음이 들기는 했지만. 아주 조금. 정말로 아주 쬐끔.

"또 내쫓고 올게. 골드, 가자!"

《알겠습니다.》

"아니아니. 잠깐, 잠깐."

골드를 데리고 방 밖으로 나가려고 하는 스테프를 말렸다.

"이번엔 내가 할게. 스테프는 스우랑 기다려 줘."

"아버지가?"

"아버지, 묵사발 만들면 안 돼."

아버지로서 멋진 모습을 보이려고 했는데, 요시노가 못을 박아 뒀다. 응……. 묵사발은 안 만들어. 내쫓기만 하면 되잖아? 내쫓기만 하면.

"괘, 괜찮으신가요?"

"괜찮습니다. 저런 군대는 몇 번인가 내쫓은 적이 있어서요. 익숙하거든요. 잠시만 기다려 주세요."

나는 여왕 폐하에게 양해를 구한 뒤, 스마트폰의 지도를 공중에 펼쳐 주변 상황을 확인했다.

"【멀티플】. 타깃 지정. 베리우스 후작군."

《알겠습니다.》

지도에 표시된 붉은 광점이 잇달아 타깃으로 지정되었다. 역시 2만 명이나 되니 조금 시간이 걸리네.

발을 맞춰 행군 중이라 그런지 타깃을 지정하기 쉬워 좋네.

《지정 완료.》

"음……. 프리물라 왕국 근처의 평원이면 될까. 모든 베리우스 후작군의 발밑에 【게이트】를 발동."

《알겠습니다. 발동합니다.》

조금 전 궁니르가 지났던 루트를 거슬러 올라간 위치를 정한 뒤 【게이트】를 발동했다.

"자, 끝."

"네?"

여왕 폐하가 이상하다는 표정을 지으며 날 바라보았다. 내가 뭘 했는지 당연히 지금은 하나도 모르겠지.

잠시 후, 다급히 전령 기사가 방으로 뛰어 들어왔다.

"보, 보고드립니다! 척후병에 따르면 베리우스 후작군이 갑자기 사라졌다고 합니다! 마치 지면으로 빨려들어 가듯이 사라졌다는 모양입니다!"

전령의 말을 그 자리에 있던 여왕 폐하와 호위 기사들이 멍한 표정으로 들었다.

"저, 저어……. 혹시 이건 공왕 폐하가……?"

"네. 다오라 산맥 근처로 전이시켰습니다. 또 이곳까지 오려면 수십 일은 걸릴 겁니다."

"묵사발을 만들진 않았구먼."

"농담이라고 했잖아."

스우의 가벼운 농담에 대답하면서 내 앞에 놓인 홍차를 가볍게 한 잔 마셨다. 오, 맛있는데?

"스테프의 마법도 놀라웠는데…… 공왕 폐하의 마법은 그 보다 더 뛰어나군요."

진심으로 놀란 듯한, 어이가 없어 곤란하다는 듯한 표정을 지은 여왕 폐하는 병사장과 병사들에게 당분간은 경계를 늦추지 말라고 주의를 주었다. 안 믿는 거예요? 보통은 당연히 못 믿나? 언제나 겪는 일이니 굳이 신경 쓰지 말자.

"그래서 '레갈리아' 말인데요……."

"아, 그렇죠. '레갈리아'는 레판 왕국 왕권의 상징으로서 대대로 국왕에게 전해지는 물건입니다. 그러나 2대를 거슬러 올라간 시기…… 저의 할아버지 시대에 왕위를 둘러싼 다툼이 벌어져 행방을 알 수 없게 되었습니다."

"그게 있으면 블루송 공작이라는 사람도 왕도에서 물러난다는 말씀인가요?"

"레갈리아를 제가 소유하고 있다는 소식을 듣게 되면 중립파는 틀림없이 우리 편으로 기울 겁니다. 그렇게 된다면 블루송 공작은 도저히 승산이 없지요. 그 이후에는 공작에게 항복을 재촉하려고 합니다."

레갈리아는 왕권의 상징. 그게 없었기에 블루송 공작에게 명분을 주었고 반란을 허용하게 됐으니, 그 물건이 돌아오면 공작의 반란은 명분 없는 싸움이 된다.

그렇지만…… 그 레갈리아를 발견하지 못하면 어떻게 되

지? 아무리 나라도 모든 물건을 다 찾을 수 있는 건 아니다.

　은폐 결계가 펼쳐져 있거나, 더는 이 세상에 존재하지 않는 다면 찾을 수 없어요.

　"그런데 그 레갈리아라는 건 어떤 물건인가? 검인가, 옥새인가……. 아니면 왕관인가?"

　나도 하려고 했던 질문인데 스우가 먼저 여왕 폐하에게 물어보았다. 그래, 먼저 그게 무슨 물건인지 알아야 찾든가 말든가 할 수 있다.

　"아니요. 레판 왕국의 레갈리아는 악기입니다."

　"악기?!"

　여왕 폐하의 말에 혹해서 달려든 사람은 요시노였다. 옆에 있는 사쿠라도 매우 흥미롭다는 반응이다. 음악을 좋아하는 두 사람이니까 당연한 일인지도 모르지만, 조금만 흥분을 가라앉혀 줘. 여왕 폐하가 살짝 깬다는 표정을 짓고 계시잖아.

　"당연하지만 악기라면 소리를 내는 악기 말씀이시죠?"

　"네. 금속제의 작은 피리로, 우리는 '스텔라의 피리' 라고 부릅니다."

　"내 이름이랑 비슷해~."

　"후후, 그러네요."

　스테프의 말을 듣고 여왕 폐하가 미소 지었다. 스테프와 스텔라. 응, 비슷하다면 비슷한가.

　여왕 폐하의 이야기에 따르면 레판 왕국의 왕족은 어린 시절부터 피리 연습이 싫어질 만큼 철저하게 연주하는 법을 배운다고 한다.

그리고 즉위 의식 때는 국민 앞에서 곡 하나를 피로해야 한다는 모양이다. 그 연주를 듣고 국민은 다음 국왕이 어떤 인물인지를 보고 확인한다(듣고 확인한다?)고 한다.

압박감을 못 이기고 실수라도 하면 심약한 왕이라는 평가를 받기라도 하나?

고르는 곡에 따라서도 그 사람의 개성과 성격이 드러나기도 하겠지만.

"그럼요, 여왕 폐하도 피리 불었어요?"

"제가 즉위할 때는 이미 스텔라의 피리를 잃어버린 뒤였으니 따로 피리를 불지는 않았어요. 하지만 어릴 적부터 계속 피리 부는 연습을 받아 지금도 불 수 있답니다."

요시노의 질문을 듣고 여왕 폐하는 난로 위에 장식되어 있던 피리를 집어 들었다. 30센티미터도 안 되는 목제 피리였다.

여왕 폐하는 천천히 그 피리를 입에 대더니 조용히 피리를 연주하기 시작했다.

느릿한 템포로 울리는 음색은 매우 아름답고 편안하게 귓가에 맴돌았다. 처음 듣는 곡이었지만 몸과 마음 모두 긴장이 풀리는 듯한 다정한 음색에 우리는 잠시 도취되었다.

이윽고 연주가 끝나자 그 자리에 있던 모든 사람이 손뼉을 쳤다.

"와, 대단하네요. 여왕 폐하는 음악가이시기도 하셨군요."

"아니요. 왕가의 피를 잇는 자라면 모두 이 정도 연주는 가능한걸요."

여왕 폐하는 겸손하게 말했지만, 지금 이 연주가 매우 수준이 높다는 것 정도는 초보자인 나도 알 수 있었다.

그 연주를 듣고 몸이 근질거린 사람이 바로 사쿠라와 요시노 모녀였다. 여왕 폐하의 연주를 듣는 사이에 자신들도 뭔가 해 보고 싶어진 듯했다.

"우리도 여왕 폐하에게 한 곡 선보일래!"

"아니, 요시노. 사쿠라? 그러면 이야기가 엇나가니…….''

"상관없습니다. 브륀힐드의 음악을 저도 듣고 싶은걸요."

자유로운 딸과 아내를 타이르려고 했는데, 여왕 폐하가 괜찮다고 허가를 해 버렸다.

으으음. 이 두 사람은 브륀힐드의 음악이라기보다는 사실상 지구 음악이지만…….

요시노가 스마트폰을 꺼내 반투명한 유리 같은 악기를 공중에다 만들어 냈다. 요시노의 연주 마법이다. 기타와 베이스, 그리고 드럼?

"아버지도! 자!"

"어?! 나도?!"

요시노가 나에게 베이스를 건네주었다. 잠깐만. 난 베이스 잘 못 치는데…….

거기다 대체 뭘 연주하려고 하는지도 모르잖아. 베이스라면 내가 칠 수 있는 곡은 몇 개 안 돼.

내 의문에 요시노가 대답해 준 곡은 내가 할아버지한테 배웠던 곡이었다. 으음, 이 곡이라면 정말 예전에 꽤 많이 연습했으니 칠 수 있으리라 생각한다. 확실친 않지만. 공백기가 있어 떠듬거리게 될지도 모르지만.

오랜만에 베이스의 현에 손을 대고 퉁겨 보았다. 할 수 있을까……?

문득 고개를 드니 드럼 자리에는 소스케 형이. 이봐요, 음악신. 언제 왔어요?

여왕 폐하가 눈을 껌뻑거렸지만 손으로 괜찮다는 표시를 했다.

"간다~!"

요시노의 목소리에 맞춰 나는 베이스의 현을 퉁기며 리듬을 새겼다. 약동감이 넘치는 베이스라인. 그에 가세하듯이 요시노의 기타가 색을 더했다.

거기에 사쿠라의 보컬이 겹쳐졌다.

이 곡은 '팝의 황제'라는 별명을 지닌 아티스트가 어릴 적에 형제들과 함께 결성한 보컬 그룹의 곡이다.

데뷔곡인 이 곡으로 단숨에 전미 차트 1위에 오르는 쾌거를 달성했고, 데뷔 이래로 네 곡이 연속으로 1위에 오르는 위업도 달성했다.

이 곡은 베이스가 유난히 더 귀에 남는다. 즉, 그만큼 곡의 중요한 뼈대란 말이지만⋯⋯.

큭! 소스케 형과 요시노에 맞추기가 너무 힘들어⋯⋯!

사쿠라의 노래에 맞춰 소파에 앉아 있던 스우와 스테프가 손장단을 치기 시작하자, 여왕 폐하와 방에 있던 호위들도 따라서 손장단을 쳤다.

'돌아와 줬으면 해'라는 이 곡의 제목은 레갈리아를 찾는 여왕 폐하의 상황에 맞춰 골랐을지도 모르겠다.

요시노가 거기까지 생각하고 이 곡을 연주하자고 말을 꺼냈는지는 알 수 없다. 그냥 우연이 아닐까 생각한다.

간신히 마지막까지 연주를 끝내자 모두 박수를 보내주었다. 후우⋯⋯. 딸에 맞춰 주기 너무 힘들어.

"멋진 곡이었어요! 말은 어떤 의미인지 모르겠지만 마음에 울려 퍼지는 곡이에요!"

여왕 폐하가 칭찬하자 요시노는 쑥스러워 '헤헤헤' 하고 웃었고, 사쿠라는 조금 기쁜 듯이 손가락으로 V를 만들었다. 덧붙이자면 소스케 형은 어느새 사라지고 없었다. 그 사람, 단지 같이 연주를 하기 위해서 전이했던 거야?

"이크, 죄송합니다. 조금 전 이야기로 돌아가자면, 그 피리의 형태를 자세히 알려주실 수 없을까요? 형태를 자세히 알면 발견할 가능성이 커지는데요."

"아, 그거라면 사진이 몇 장인가 있습니다. 잠깐만 기다려 주세요."

여왕 폐하가 방에 있던 책상의 서랍에서 사진을 몇 장인가 꺼내 왔다. 서방 대륙에는 고렘에 장착된 카메라아이 기술을 사용한 사진이 꽤 옛날부터 있었구나.

그렇지만 가지고 온 사진은 세피아색으로 변색이 되어 꽤 옛날 사진이란 걸 알 수 있었다.

여왕 폐하의 할아버지 시대에 사라졌다고 했으니 당연한 일인가.

사진은 두 장. 하나는 스테프와 비슷한 또래의 소년이 피리를 들고 있는 사진. 다른 하나는 거실에서 찍은 듯한 가족사진으로, 중앙에 있는 책상 위에 상자에 들어간 피리가 있었다.

"이 소년이 할아버지세요. 손에 들고 있는 물건이 스텔라의 피리이고요."

호오. 이 소년이 할아버지. 그렇다면 100년 가까이 지났다는 말인가.

그렇지만 손에 들고 있는 피리는 이렇다 할 특징이 없는 물건이었다. 길이가 여왕 폐하가 들고 있는 피리와 비슷하다는 걸 알 수 있는 정도일까.

"이 가족사진은요?"

"할아버지와 증조할아버지, 증조할머니, 그리고 할아버지의 남동생……. 종조부세요. 이 종조부가 나중에 할아버지와 왕위 계승을 놓고 다투게 됩니다. 그 결과 패배한 종조부는 저택에 불을 지르고 자해를 하는데, 그 이후에 스텔라의 피리가 사라졌다는 사실을 알게 됐답니다."

음. 그 자해한 종조부라는 사람이 어딘가에 숨겨뒀는지도 모르겠어.

"이 종조부에게 아이는요?"

"있었지만 이 다툼이 벌어진 이후에 숙청됐습니다. 종조부 파벌의 주모자가 숙청된 이후에 피리의 분실 사실이 발각되어서, 전혀 단서가 없었던 모양으로……."

그렇구나. 레갈리아 같은 물건은 쉽게 밖에 꺼내놓는 물건이 아니니까. 여왕 폐하의 할아버지가 왕위를 계승하게 되어 즉위식에 사용하려고 스텔라의 피리를 확인해 봤는데 상자 안은 텅 비어 있었다고 한다.

그때는 정말 굉장한 소동이 벌어졌다고 한다. 일본을 예로 들자면 삼종신기가 홀연히 사라진 일과 마찬가지의 사건이니까. 당연히 난리가 날 수밖에.

나는 사진 속의 상자를 응시했다. 여왕 폐하의 할아버지가 피리를 손에 들고 있는 사진은 아쉽게도 손이 방해되어 전체적인 모습을 제대로 확인할 수 없었다.

가족사진의 피리는 작게 찍혀서 흐릿했다. 대충 형태는 알아볼 수 있으니 괜찮나.

"이건 금속제라고 하셨는데 무슨 재질인가요?"

"오레이칼코스입니다."

와. 오레이칼코스제 피리였어? 역시 레갈리아라고 해야 하나. 그렇다면 망가졌을 가능성은 적겠구나. 그렇지만 녹여서 다른 물건의 소재로 사용했을 가능성도 없다고는 할 수 없다. 오레이칼코스는 희귀하니까.

레갈리아의 가치를 아는 사람이라면 그런 짓은 하지 않겠지만.

하여간 좋다. 일단은 찾아보자.

나는 스마트폰을 꺼내 이 나라의 지도를 불러왔다. 먼저 국내부터 찾아봐야지.

"검색. '스텔라의 피리'."

《검색 중……. 검색 종료. 표시합니다.》

지도에 광점이 하나 떠올랐다. 좋았어! 하나라면 틀림없이 이거 아닐까?!

어? 그런데 여기는…….

의아해하는 내 표정을 보고 불안해졌는지 여왕 폐하가 물었다.

"왜 그러시나요?"

"아니요. 저어, 일단 발견하긴 했는데 장소가…….

그렇게 말한 뒤, 나는 여왕 폐하도 알 수 있도록 지도를 공중에 표시해서 보여 주었다.

레판 왕국의 지도가 가리키는 광점의 위치. 그곳은…….

"왕도 레판시아……?!"

여왕 폐하가 놀라 크게 소리쳤다. 후우, 역시 여기가 왕도였구나. 지금은 적지가 된 왕도에 레갈리아가 있다. 이건 즉······.

"이게 어떻게 된 일인가? 블루송 공작이라는 자가 여기보다 먼저 피리를 입수했다는 겐가?"

"아니요. 그렇지는 않습니다. 그 남자가 스텔라의 피리를 입수했다면, 바로 그 사실을 선언하고 저에게 퇴위를 강요했을 겁니다."

스우의 의문에 여왕 폐하가 대답했다. 그렇다면 말이지.

"왕도에 스텔라의 피리가 있는데도 그걸 전혀 눈치채지 못하고 있다는 말이야. 자신들이 찾는 물건이 바로 발밑에 있는데도 눈치채지 못하다니. 하하, 웃긴 일이네."

"윽."

내 말을 듣고 여왕 폐하가 가슴을 꾹 눌렀다.

아차. 실수했다. 여왕 폐하도 원래 왕도에 있었는데······.

"임금님, 더 말을 신중하게 해."

"죄송합니다."

사쿠라한테 혼났다.

이거야 등잔 밑이 어둡다는 그런 건가? 이런 일은 의외로 흔해요!

"토야, 그래서 왕도의 어디에 있는가?"

"음~. 잠깐만······. 오, 이 근처네. 어라?"

스마트폰 화면에 손가락을 대고 펴서 지도를 확대했다. 광점은 큰 건물 안에 있었다. 이곳은 분명 거기지……?

"여긴……! 왕성 안 아닌가요?! 설마! 몇십 년이나 찾았는데?!"

여왕 폐하가 입이 다물어지지 않는다는 표정으로 지도를 응시했다. 우와아, 이쯤 되니 너무 가엾게 느껴진다.

'지갑이 없어!'라면서 집안을 싹 다 뒤지고, 통학로도 찾아보고, 경찰에도 문의하며 대소동을 벌였는데, '앗, 바지 주머니에 들어 있었잖아?' 같은 상황이다.

"어째서?!"

"저한테 어째서냐고 물어보셔 봐야……."

여왕 폐하가 소리쳤다. 보니까 나한테 소리친 게 아니구나. 아직 화면을 응시하고 있기도 하고. 너무 어처구니없는 상황이라 소리를 친 건가.

"왜 내가 성에 있을 때는 발견하지 못한 거지?! 성에서 내쫓겼는데 지금에 와서?! 어째서?!"

이거야 여왕 폐하가 찾아 달라고 해서 그런 거잖아요. 마음은 이해하겠지만 진정하세요.

"장소를 알게 되어 다행 아닌가. 기쁘지 않은 겐가?"

"기뻐요! 기쁘긴 기쁘지만, 뭐라고 하면 좋을까요! 한심하기도 하고, 화가 나기도 하고……! 아아, 참! 정말! 정말!"

여왕 폐하가 머리를 감싸 쥐며 절규했다. 호위 기사들도 어쩌면 좋을지 몰라 당황한 모습이었다.

"여왕님, 왜 그래요?"

"어른에게는 말이야, 별일이 다 있는 법인 게야."

"별일이 다?"

"그래. 별일이 다 있지."

"어른은 참 성가시네."

스우와 스테프가 그런 대화를 하면서 소리치는 여왕 폐하를 바라보았다.

이래저래 스트레스도 많이 쌓였을 테니……. 레갈리아를 잃어버린 사람은 여왕 폐하가 아닌데, 그게 없으니 왕으로서 인정할 수 없다니, 그건 단지 트집에 불과해 보였다.

그래도 이런 권위는 또 무시할 수 없는 게 사실이니까. 우리도 뭔가 그런 왕권의 증거 같은 게 필요할까?

스마트폰? 으~음. 그런데 이건 일단 신기(神器)잖아. 지상에 남겨둘 수는 없어. 내 자손 중에 나쁜 사람이 태어나 그 녀석이 이어받았다간, 내 자손의 부정적인 감정을 얻어낸 사신이 태어날 수도 있다.

무난하게 총검 브륀힐드가 좋을까? 쿠온에게 왕위를 넘길 때 같이 건네주자. 실버가 삐치려나?

그런 생각을 하는데, 여왕 폐하가 겨우 침착함을 되찾았다.

"이성을 잃고 흥분한 모습을 보여드려……."

"아니요, 괜찮습니다."

그 마음은 잘 아니까요.

◇　◇　◇

레판 왕국의 여왕 폐하가 이성을 잃고 흥분했던 모습을 리셋하려는 듯이 어흠, 하고 헛기침을 했다.

"그런데 스텔라의 피리는 왕성 어디에 있는지요?"

그 말을 듣고 확대해 봤지만, 성의 이 근처, 정도 외엔 뭐라 대답할 수가 없었다.

지도는 어디까지나 지도일 뿐이라, 확대해도 한계가 있고, 방 내부까지 자세히 볼 수는 없으니까. 왕도에 가면 직접 【서치】로 찾을 수 있을지도 모르지만.

여왕 폐하가 지도를 응시하더니 고개를 갸웃했다.

"이곳은…… 특별히 중요하지 않은 방이 몇 개인가 있을 뿐인 성의 일각인데요. 정말로 이런 곳에 스텔라의 피리가 있을까요?"

"숨겨진 통로나 숨겨진 방은 없는가?"

스우가 여왕 폐하에게 물었다.

예로부터 성에는 왕족만이 아는 도주용 비밀 통로나 일시적인 대피용 숨겨진 방을 마련해 놓는 경우가 많다.

덧붙이자면 일단 브륀힐드 성에도 있다. 옥좌 뒤에 지하도로 통하는 입구가.

만일의 사태가 벌어졌을 때 밖으로 탈출할 수 있는 길이다. 사용하지 않는다면 그보다 더 나은 일이 없지만, 만들어 두지 않으면 유사시에 아무런 선택지도 남아 있지 않게 된다.

"숨겨진 통로나 숨겨진 방은 있지만, 이곳은 아니었어요. 방의 구석구석을 메이드들이 청소할 테니, 어딘가에 숨겨져 있다고밖에는……."

크기를 따져 보면 별로 크지 않으니까. 이를테면 난로 안이나 책장 뒤처럼, 숨기려고 한다면 장소야 얼마든지 생각해 낼 수 있다.

왕위 계승 싸움에서 패배한 종조부 파벌이 권토중래를 노리고 숨겼을 텐데……. 왕위 다툼에 관한 관심이 식었을 때 몰래 회수할 생각이었을지도 모른다.

그런데 회수하기 전에 물건을 숨겨둔 사람이 숙청당했다든가, 무언가 착오가 생겨 다른 사람에게 전달되지 않았든가 해서 100년 가까이 세월이 지나 버렸다. 참으로 허무한 이야기다.

"이제 레갈리아가 어디 있는지는 알게 된 셈이네만, 앞으로 어떻게 할 생각인가?"

"왕도를 탈환하면 레갈리아를 되찾을 수 있습니다. 어떻게 해서든 왕도에서 블루송 공작을 쫓아내야 합니다!"

"맡겨둬! 스테프랑 골드가 왕도를 되찾아 줄 테니까!"

여왕 폐하의 결의에 뒤이어 날아든 스테프의 말을 듣고 나는 어쩌면 좋을까 하고 생각해 보았다. 솔직히 말해 동맹국도 아닌 다른 나라의 내전에 더 깊이 발을 들여서는 입장이 난처해진다.

그렇지만 스테프는 내 딸이 아니라, 대외적으로는 그냥 친척일 뿐이다. 즉, 친척일 뿐 브륀힐드 사람이 아니다.

그러니까 스테프 개인이 내전에 참가한다고 해서 문제가 될 일은 아니기도 하지만…… 아니아니, 문제가 아니긴 왜 아니야, 엄청 문제지!

역시 딸을 내전에 참가하게 하고 싶진 않았다. 물론 이미 내전에 깊숙이 관여한 입장이기는 하지만.

크으으으……. 내가 고민하는데, 홍차를 마시고 있던 사쿠라가 조용히 중얼거렸다.

"임금님의 전이 마법은 요즘 훈련 부족이야."

"뭐?"

"조금 전의 【게이트】가 상대를 제대로 전이시켰는지 불안해. 한 번 더 해 봐."

지금 와서 불안하다니 무슨 소린지. 지금까지 몇 번이나 했으니 괜찮아. 왜 갑자기 의심하고 그래?

"장소는 이 나라의 왕도 근처로. 이 성채 도시 밖에 있는 돌멩이를 몇만 개 정도 전이시켜 보면 어때?"

돌멩이를 이 나라의 왕도로? 몇만 개나? 대체 왜 그런 바보 같은 훈련을…… 잠깐만? 아하, 그런 거였어?

"오호라. 그러네. 정말 요즘 마법 훈련을 별로 안 했어. 이 성채 도시 밖에는 전이시키기 좋은 돌멩이가 잔뜩 있으니, 한번 훈련을 해 볼까? 기왕이면 왕도의 성벽 안으로 전이시켜 보는 게 좋겠어. 실수로 돌멩이랑 같이 동물이나 사람이 보내지지 않도록 조심해야겠는걸?"

말을 해 보니 너무 억지가 심하다는 생각이 들지 않는 건 아니었다. '전이시키기 좋은 돌멩이' 라니 그게 뭔데?

나의 부자연스러운 말을 듣고 여왕 폐하가 퍼뜩 뭔가를 눈치챈 표정을 지었다. 주변의 호위 기사들도 무슨 말인지 깨달은 눈치였다.

"고, 공황 폐하. 그 훈련은 언제 하실 생각이신가요?!"

"좀 볼일이 있으니 3일 뒤에 해도 될까요? 밤이 좋을까요? 아니면 낮?"

"주민들이 술렁일지도 모르니 밤이 좋지 않을까 합니다. 저희도 견학해도 괜찮을까요? 조금 견학하는 사람이 많아질지도 모르지만요."

"몇 명이든 괜찮습니다. 단, 조심하셔야 해요. 자칫 잘못해 전이된다 해도 전 모르는 일이니까요."

암시적인 말을 주고받는 나와 여왕 폐하.

내가 전이 마법 훈련을 하는 곳에 우연히 견학하고 있던 이곳의 병사들이 말려든다 해도, 그건 사고일 뿐이다.

나는 '접근하지 말라'고 말했는데, 병사들이 함부로 전이 마법에 말려든다면 그건 그 사람들 책임이다. 저한텐 책임 없어요.

"음……? 아버지도 여왕님도 이해가 안 되는 말을 하고 있어……."

"스테프. 어른에게는 별일이 다 있는 법인 게야."

"또 별일?"

스테프가 뾰로통한 표정을 짓자 스우가 머리를 쓰다듬어 주었다. 그 사이에 여왕 폐하는 '근처 도시에서 병사를 있는 대로 다 모으세요! 3일 이내에 최대한 많은 병사를!' 하는 명령을 내렸다.

그래, 이 나라의 싸움은 이 나라 사람들에게 맡겨두는 게 제일이지.

"스테프! 어서 와!"

"어서 와, 스테프."

"겨우 돌아왔군요."

"언니들이다~!"

"저도 있는데요……."

"오빠도 있어!"

스테프를 데리고 돌아가자 아이들이 모두 막냇동생을 맞이하러 나왔다. 이러쿵저러쿵해도 다들 걱정했던 거겠지. 다들 스테프의 머리를 쓰다듬어 주었다.

아니, 딱 한 사람. 스테프와 재회의 기쁨을 나누자마자 곧장 같이 따라온 황금 고렘에 달려든 아이가 있었다.

"이, 이게 '금색' 왕관! 그렇군요. 다른 왕관 디자인을 답습하면서도 세부적으로는 각인 마법을 새겨서 마력의 간섭을 비교적 적게……."

"여전하구나……."

'금색' 왕관, 골드에 달라붙어 떨어지지 않는 쿤을 보니, 어떤 의미로는 감탄스럽기까지 했다. 어머니는 머리를 누르며 한숨을 내쉬고 있었지만.

와글와글 아직도 떠들썩한 아이들을 향해 루가 짝짝! 손뼉을 쳤다.

"자! 다들 모여 기쁜 마음은 알겠지만 일단 식사를 하죠! 여러분 손을 씻고 오세요."

"와~! 루 어머니의 밥이다!"

스테프가 쌩하고 손을 씻으러 달려갔다. 【액셀】을 일상적으로 사용하지 마. 다른 사람하고 부딪치기라도 하면 위험할 텐데. 나중에 주의를 줘야겠어.

자, 나도 손을 씻으러 갈까 했는데 스우가 나를 불러세웠다.

"토야. 스테프가 떨어뜨린 스마트폰 회수는 어떻게 됐는가?"

"아, 맞다……."

그냥 내버려 둘 수는 없는데, 또 찾으러 가야 하나. 우리 아이들 너무 많이 떨어뜨려 탈이잖아. 에르나랑 린네, 쿠온이랑 스테프. 절반 가까이가 떨어뜨렸어.

목에 거는 끈이 달린 스마트폰 케이스라도 만들어 둘까?

"어디 보자. 레판 왕국의 남쪽 숲에서 떨어뜨렸다고 했었지?"

내 스마트폰으로 검색하자 정말로 숲속에 스테프의 스마트폰이 있었다.

음~. 이 숲에는 가 본 적이 없으니 날아가든가【텔레포트】로 가는 수밖에 없겠네. 스테프한테【리콜】로 기억을 건네받아【게이트】를 여는 방법도 있지만 벌써 밥을 먹으러 갔으니…….

어쩔 수 없네. 얼른 갔다 올까.

"그런데 어? 이 스마트폰, 움직이잖아."

지도를 확대해 스테프가 떨어뜨린 스마트폰의 광점을 가만히 바라보았다. 응, 역시 움직여. 어쩐다. 누가 줍기라도 했나?

일이 성가셔지기 전에 돌려 달라고 해야겠어.

【게이트】를 열어 다시 레판 왕국으로 전이한 다음, 그곳에서【텔레포트】로 얼추 스테프가 스마트폰을 떨어뜨린 숲으로 전이했는데, 운 좋게도 숲속이었다.

여기가 그 숲이 맞아 보이는데, 스테프의 스마트폰은 어디 있지?

나는 내 스마트폰으로 위치를 확인하면서 숲속을 이동했다. 슬슬 저녁이 될 즈음이니 얼른 회수하고 싶은데.

스테프의 스마트폰은 여전히 움직이고 있었다. 역시 누가 주운 건가? 그런데 이 녀석은 인기척이 없는 숲에서 대체 뭘 하는 거지? 여기 갔다가 저기 갔다가 하는데, 혹시 조난당한 사람인가?

그렇다면 구해야 하나? 내가 스마트폰의 광점을 향해 달리기 시작하자 상대도 나를 향해 이동하기 시작했다.

"마침 잘됐네. 이대로 가면 곧장⋯⋯."

나는 달리다가 말고 우뚝 멈춰 섰다.

앞에서 쿵쿵쿵 땅을 울리는 소리가 들리는 듯했다. 새도 푸드덕푸드덕 날아오르고 있고.

뭔가가 오고 있는 거 맞지? 스테프의 스마트폰의 반응도 나를 향해 오고 있다. 어? 혹시 누가 스마트폰을 주운 게 아니라, 먹어 버린 건가?

숲 깊은 곳에서 평범한 사이즈보다 훨씬 거대한 거미가 나를 향해 오고 있는데요?

《크샤샤샤샤샤샤!!!!!》

높고 날카로운 소리를 내면서 대형 버스 정도 크기의 새카만 거미가 나를 향해 돌진해 왔다. 몸에 몇 개나 뾰족뾰족한 가시가 솟아 있고 눈이 새빨간 불길한 거미였다.

야, 기분 나쁘니까 나한테 다가오지 마.

"【실드】."

《크허억?!》

보이지 않는 벽에 막혀 거미가 돌진을 멈췄다. 비틀거리던 큰 거미였지만 곧장 통나무 같은 다리로 중심을 잡고 자세를 정돈했다.

《샤아아!》

큰 거미가 입에서 끈적한 액체 같은 물질을 내뿜었지만 그것도 【실드】에 막혀 나에게는 닿지 않았다.

그래서 더욱 화가 났는지, 큰 거미는 뒤의 다리 네 개로 일어서더니 나머지 다리 네 개로 【실드】를 마구잡이로 두드렸다.

으윽. 역시 이건 너무 징그럽다. 거미는 익충이니 웬만해선 죽이지 말라고 어렸을 적부터 할아버지가 알려주었지만, 이건 아무리 봐도 익충이 아니었다.

따라서 토벌하기로 결정.

"【오너라 뇌빙(雷氷), 백뢰(百雷)의 빙무(氷霧), 볼틱미스트】."

《꽈애액?!》

합성 마법인 뇌격의 안개를 정통으로 맞은 거미는 그 자리에서 즉사했다. 뇌격을 맞아 검게 탄…… 탔는지 안 탔는지 알아볼 수가 없네. 원래 검은색이었으니.

"자, 해치운 건 좋지만……."

이번엔 【서치】로 직접 스테프의 스마트폰의 위치를 확인했다. 아~. 역시 이 녀석의 배 속인가. 어? 이 거미의 내장에서 꺼내야 한다고? 진짜로?

양산형 스마트폰도 마법 금속을 사용해 아주 튼튼하게 만들어졌고, 거기에 더해 나의 【프로텍션】이 걸려 있으니 녹지야 않았겠지만…….

이걸 해체해서 꺼낸다고? 못 해 못 해 못 해!

아, 모험자 길드에 가져가 해체해 달라고 하는 방법도 있구나.

"맞다. 【어포트】로 끌어내면 되잖아."

맞아맞아, 그러면 돼. 왜 이렇게 간단한 방법을 눈치채지 못한 거지? 나도 참 바보라니까.

나는 쓰러져 있는 거미를 향해 오른손을 내밀고…… 잠깐?

이대로 【어포트】를 발동하면 스마트폰만 손안으로 딱 끌려오게 될까? 웬 이상한 물질이 끈적하게 들러붙어서 같이 온다든가…….

예전에 【어포트】로 스우의 할아버지의 몸에 꽂힌 화살촉을 빼냈을 때, 피가 흥건하게 묻어 있었지?

나는 【스토리지】를 발동시켜 큰 거미를 수납했다. 군자는 위험한 곳에 다가가지 않는다고, 무난한 방법이 있다면 그 방법을 써야지 그럼.

나는 큰 거미를 해체해 달라고 하기 위해 브륀힐드의 모험자 길드로 가는 【게이트】를 열었다.

　　　　◇　◇　◇

　"또 엄청난 마수를 가지고 오셨군요."

　해체장에서 【스토리지】밖으로 꺼낸 큰 거미를 보고 길드 마스터 레리샤 씨가 어이없다는 듯이 중얼거렸다.

　서방 대륙의 마수라서 처음 보는 종인가 했는데, 혹시 이것도 그 멸종된 종인가?

　내 의문을 듣고 레리샤 씨가 오래된 두루마리를 꺼내와서는 내 눈앞의 책상에 쫙 펼쳤다.

　그곳에 그려진 거미와 눈앞에 쓰러져 있는 거미는 완벽히 특징이 일치했다.

　"이건 아틀라나트라 불리는 고대의 큰 거미입니다. 특정한 주기에 들어가면 드물게 폭발적으로 번식하여 큰 재앙을 일으켰다고 하는 마수이지요."

　"고대의 마수요? 그렇다면 역시 이건……."

　"네. 멸종된 종입니다. 2500년 전쯤부터 발견되지 않았습니다. 요즘 각지의 모험자 길드에서 멸종된 종의 발견 보고가 많이 들어오고 있습니다. 폐하. 대체 이 세계에서 무슨 일이 벌어지고 있는 건가요?"

레리샤 씨가 날카로운 눈초리로 나를 바라보았다.

으으음. 이건 솔직하게 대답해야 할까? 당장에 어마무시한 마수가 나타날 가능성도 제로는 아니니까.

나는 시공의 일그러짐이 발생하기 쉬워져 과거의 마수가 지금 시대로 오고 있다는 사실을 알려주었다.

"앞으로도 이런 마수가 나타난다는 말씀인가요?"

"점점 진정되고 있다고 하니, 언젠가는 수습되리라고 생각은 하는데요……."

내 말을 듣고 안심이 된다는 듯 가슴을 쓸어내리는 레리샤 씨. 이런 마수가 자주 나타나서야 당연히 버틸 수가 없으니까.

"폐하. 찾으시는 물건은 이거 맞아?"

우리가 이야기하는 사이에도 해체 작업을 계속하던 길드 아저씨가 큰 거미에서 꺼낸 스마트폰을 들고 다가왔다.

천으로 깔끔하게 닦아서 가져왔는지 반짝반짝하다. 이토록 배려심 깊은 사람이라니!

약간 비릿한 냄새가 나긴 하지만. 일단 【클린】을 걸어 두자. 좋아, 냄새도 사라졌어.

스테프한테는 큰 거미의 배에서 꺼냈다는 말은 하지 말자.

성으로 돌아가 보니, 아이들은 이미 저녁 식사를 마치고 다들 응접실에 모여 쉬고 있었다.

아니, 쿤은 없네. 골드도 없으니까 바빌론에 있나? 박사나 에르카 기사, 교수^{프로페서}도 있으니, 터무니없는 짓은 안 하겠지만…….

스테프와 골드가 만난 숲에서 나는 멸종된 종을 만났다. 이건 우연일까?

아니면 그 근처에 시공의 일그러짐이 있다는 걸까? 혹시 골드는 시공을 넘어서 이 시대에 나타났다거나……?

이건 박사한테 조사해 달라고 해야겠는걸? 그다음은…….

"아버지, 어서 와!"

"크어억?!"

스테프가 정면으로 몸통 박치기를 해서 쓰러질 뻔했지만 나는 간신히 버텨 냈다. 아, 【액셀】을 사용해 머리부터 돌진해 오는 짓은 제발 그만둬!

"스마트폰 찾았어?"

"응, 찾았어. 자. 이제 떨어뜨리지 않도록 조심해."

"고마워!"

내가 스마트폰을 건네주자 스테프는 또 재빨리 스우한테로 돌아갔다. 그러니까 【액셀】을 쓰지 말라고……! 미처 주의를 주지 못했구나.

"수고 많으셨어요, 토야 오빠."

얼얼한 배를 문지르며 응접실의 비어 있는 의자에 앉자, 유미나가 차가운 과실수를 가지고 와 주었다. 그리고 유미나는 바로 내 옆에 앉았다.

"겨우 다 모였네요."

"역시 아홉 명이나 되니 떠들썩해."

"떠들썩해서 좋잖아요. 그리고 이건 미래의 풍경이에요. 지금부터 적응해 둬야 좋지 않을까요?"

그거야 그렇지. 언젠가는 이게 일상적인 날이 될 테니까.

자, 아이들이 다 모인 건 좋은데, 언젠가는 아이들도 미래로 돌아간다. 그게 언제가 될지 토키에 할머니한테 물어봐 둬야겠네. 차원진의 영향이 작아지면 문제없다고 하지만, '사신의 사도'라는 불확실한 요소가 있다.

아이들을 안전하게 미래로 돌려보내기 위해서도 어서 '사신의 사도'를 없애야 한다.

아이들과의 작별은 괴로운 일이다. 다음에 이 아이들을 만나려면 꽤 오랜 시간을 기다려야 하겠지.

그러니 지금 늦기 전에 많은 추억을 만들어 두고 싶다.

3일 후. 나는 레판 왕국의 성채 도시 앗시라에 모인 약 3만의 병사들을 무심코 실수로 전이 마법 훈련에 말려들게 만들어이 나라의 왕도로 보내고야 말았다.

얼마간 시간이 지난 뒤, 나도 왕도로 가 보니, 왕도를 제압하여 눌러앉았던 블루송 공작이라는 사람은 순순히 항복해 여왕 폐하가 국민에게 왕도 탈환을 선언하고 있었다.

한밤중에 갑자기 3만이나 되는 병사가 성벽 안에 나타나면 그렇게 될 수밖에.

원래 왕도의 주민들은 계엄령으로 인해 낮에는 몰라도 밤에는 볼일도 없이 집 밖으로 나오지 말라는 명령을 받고 있었던 덕분에, 일반인은 피해가 전혀 없었다고 한다.

한밤중인데도 여왕 폐하가 귀환하자 왕도 사람들은 열광의 도가니에 빠졌다. 모든 사람이 자유를 외쳤다. 그 공작이 어지간히도 왕도 주민들을 억압했었나 보다. 반란이 일어날까 봐 무서웠었나?

이렇게 해서 레판 왕국의 왕도에는 사실상 무혈입성을 하였는데, 이게 끝이 아니다.

문제의 레갈리아를 발견하지 못하면 또 똑같은 일이 벌어질 수도 있으니까.

재촉하는 여왕 폐하와 함께 나는 스마트폰의 지도를 보면서 레갈리아인 스텔라의 피리가 감추어져 있는 곳으로 가 보았다.

성의 일각, T자형 복도의 중심에서 나는 걸음을 멈췄다.

"이 근처 같은데요······."

눈앞에 있는 복도의 오른쪽과 왼쪽에 방이 하나씩. 총 두 개. 복도는 2층으로 가는 계단으로 이어져 있었다. 등 뒤는 창문, 창문 너머는 안뜰.

안뜰에는 없으니, 이 두 개의 방 어느 쪽인가에 레갈리아가 있을 가능성이 크다.

음, 직접 【서치】를 써야 더 빠르겠네.

"【서치】. ……어?"

"왜 그러시나요?"

여왕 폐하가 거동이 왠지 수상한 나에게 물었다. 이렇다면 방이 아니라, 이 복도 끝에 있다는 말인데. 설마 계단에?

계단은 오래된 목제 난간이 달린 석제 계단이었다. 계단에는 없구나. 난간인가?

주의 깊이 난간을 조사해 보니, 난간을 지탱하는 기둥의 하나가 【서치】에 반응했다. 틀림없다. 이거다.

그걸 세게 비틀어 보니, 덜컥, 하고 뭔가가 빠지는 소리가 나더니, 기둥이 쑥 하고 10센티미터 정도 난간에서 빠져 아래로 내려앉았다.

옆으로 빼면서 들어 올려 보니, 그 기둥이 곧장 난간에서 쑥 하고 빠져나왔다. 빠졌어, 이크.

장식이 되어 있는 목제 기둥은 아무래도 안이 텅 비어 있는 듯했다. 아하, 이런 식으로 되어 있었구나. 이래서야 발견을 못 할 수밖에.

나는 빠진 기둥을 바로 여왕 폐하에게 건네주었다. 레갈리아는 왕권의 증거. 외부인이 쉽게 건드려도 되는 물건이 아니다.

떨리는 손으로 기둥을 받아 든 여왕 폐하가 기둥을 뒤집자 안에서 작은 황금 피리가 쑥 하고 빠져 여왕 폐하의 손에 떨어졌다.

사진에서 본 것과 똑같은 피리였다.

"아, 아아……! 틀림없습니다. 스텔라의 피리입니다! 겨우, 겨우 우리 왕가의 곁으로 돌아왔습니다! 아버지, 할아버지, 드디어 찾았어요……!"

황금색으로 빛나는 오레이칼코스로 만든 피리를 꽉 껴안고 눈물을 흘리는 여왕 폐하. 주변의 호위 기사들도 감격했는지 꼼짝 않고 선 채로 눈물을 흘렸다. 그 마음 잘 압니다.

발견해서 다행이다. 이제 레판 왕국의 내란도 진정되면 좋을 텐데.

성벽 위에 서서 여왕 폐하가 천천히 스텔라의 피리를 연주하기 시작했다.

내가 무속성 마법【스피커】를 발동했으니 성문 앞에 모인 왕도 사람들한테까지 그 음색은 깔끔하게 전달되고 있으리라 생각한다.

100여 년 전에 분실되었다고 여겨진 레갈리아, 스텔라의 피리가 왕성에서 발견되어 여왕 폐하의 손으로 돌아갔다는 소식은 순식간에 레판 왕국의 영주들에게도 전해졌다.

그러자 중립을 선언하고 추이를 살피던 영주들은 모두 여왕 폐하에게 충성을 맹세했고, 그로 인해 반목하던 파벌에는 승산이 없어졌다.

덧붙이자면 반란을 주도한 블루송 공작은 왕성에서 스텔라의 피리가 발견되었다는 말을 듣고는 감옥 안에서 발을 동동 구르며 분해 죽으려고 했다고 한다.

자신한테도 레갈리아를 입수할 기회가 있었는데 그러지 못했으니 그야 분할 수밖에.

만약 공작이 레갈리아를 먼저 입수했다면, 지금 감옥에 들어가 있는 사람은 여왕 폐하였을지도 모르는 일이니까.

만약 일이 그렇게 됐다면 내가 여왕 폐하를 다른 나라로 망명 정도는 할 수 있도록 도왔을지도 모르지만.

여하튼, 레판 왕국의 내전은 이것으로 정리가 됐다고 생각한다.

"공왕 폐하. 이번 일은 정말 진심으로 감사드립니다."

그런 말을 하며 고개를 숙인 사람은 여왕 폐하가 아니라, 그 아들. 즉, 이 나라의 왕자였다.

수수한 금발 머리에, 나이는 30대가 좀 되지 않은 정도. 키가 크고, 튼실한 체형이라 무인 기질이 있는 인물로 보였다.

실제로 왕자는 블루송 공작에게서 왕도를 탈환하기 위해 군을 이끌었다.

활약할 장소를 사실 내가 빼앗은 셈이 되었지만.

"그러니까 아버지는 굉장하다고 말했잖아! 프랑크 아저씨!"

"정말이야. 스테프의 말대로였어."

엣헴이라고 하듯이 가슴을 펴는 스테프를 보고 쓴웃음을 지으면서 프랑크 왕자가 말했다.

한 나라의 왕자를 아저씨라 불러도 되나 싶었지만, 스테프도 일단 왕족이니까 너무 어려워하는 일 없이 자연스럽게 그런 행동을 하게 되는 건지도 모른다.

"이제 레판 왕국도 평화로워졌으면 좋겠구먼."

"아직 분위기가 어수선하기는 하지만, 프랑크가 왕위에 오르기까지는 모두 해결해 두려고 합니다."

대접받은 홍차를 마시면서 한 스우의 말에 여왕 폐하가 그렇게 대답하자, 프랑크 왕자는 조금 겸연쩍은 표정을 지었다.

사실 이 왕자는 피리를 거의 불지 못한다고 한다. 왕자가 태어났을 때는 이미 레갈리아가 소실되어, 피리를 불지 못해도 왕위 계승에는 아무런 문제가 없었다.

여왕 폐하가 태어났을 때도 이미 레갈리아는 없었지만, 계승했어야 했던 할아버지가 계셔서 피리 연습은 철저하게 받앞다고 한다.

레갈리아가 발견된 이상 왕위를 이어받기 위해서는 국민 앞에서 피리로 곡을 하나 연주해야 한다.

만약 도무지 들어주기 힘든 연주라면 기껏 하나로 뭉쳐 안정을 되찾아 가던 나라가 또 분쟁에 휩싸이는 원인이 될 수도 있어, 왕자는 지금 피리 연습에 열중하고 있는 듯했다. 전통 유지란 참 힘든 일이구나.

"개인적으로는 세계 동맹에 참가하고 싶습니다. 그렇지만 국내가 안정되기까지는 나라로서 명확한 참가 협력은 어려워 보입니다."

"네. 저희도 간섭할 생각은 없습니다. 다만, 세계에서 무슨 일이 벌어지는지 정보를 교환하고 잘 파악한 후에, 각자 생각해 주셨으면 합니다. 먼저 이야기를 들어 주셨으면 합니다. 협력할지 하지 않을지는 그 나라의 판단에 맡기고 있으니 걱정은 안 하셔도 됩니다."

세계 동맹이라고는 해도 기본적으로는 환담에 가까운 회의다. 각 나라의 문제를 서로 이야기하면, 대화 중에 해결책이 발견되기도 한다. 어려운 일이라면 다른 나라에 중재를 부탁해 합의점을 찾을 수도 있다. 내 힘으로 해결해 버리는 일도 많이 있지만, 그럴 때는 대가를 다 받아냅니다.

각설하고, 나는 여왕 폐하와 프랑크 왕자에게 현재 전 세계에서 암약하는 '사신의 사도'에 관해 대략적으로 설명해 두었다.

"해안선 근처의 마을이나 도시는 주의해야 합니다. 상황에 따라서는 대항하기 어려울 수 있는데, 그럴 때는 곧장 마을을 버리고 도망쳐야 합니다."

"마을을 파괴할 정도로 거대한 고렘……. 그런 존재가 있다니."

'사신의 사도'가 만들었다고 보이는 외눈 고렘. 그 외눈 고렘이 습격한 레아 왕국은 이곳 레판 왕국과 바다를 사이에 둔 이웃 국가다.

그에 더해 레판 왕국은 국토의 70%가 바다와 접해 있으니, 충분히 주의해야 한다.

레판 왕국 국내의 각 지방 도시와 연락을 교환할 수 있는 '게이트 미러' 수십 개와 우리와 연락을 주고받을 수 있는 양산형 스마트폰을 두 사람에게 제공했다.

피해를 막을 수 있을지는 알 수 없지만, 무슨 일이 있어도 일단 연락은 주고받을 수 있게 됐다. 대책과 복구 지원도 신속히 가능해진다.

여왕 폐하는 다음 세계회의에 참가하기로 했다. 나라가 아직 안정을 되찾지 못해 대단한 협력은 할 수 없다고 하지만, 세계 각국의 이야기를 듣기만 해도 얻어 갈 수 있는 게 많으리라 본다.

레판 왕국은 이제 아무 문제 없겠지.

남은 문제는…….

◇ ◇ ◇ ◇

"결론부터 말해 이 기체는 '금색' 왕관이 확실해. 그런데 지금까지 봤던 '왕관' 하고는 확실히 다른 기체야. 별개의 물건이라 해도 좋아."

바빌론의 '연구소'에서 아로마 파이프를 입에 문 박사가 작업대에 누워 있는 '금색' 왕관, 골드를 바라보면서 대답했다.

"기체 내부 여기저기에 복잡한 각인 마법이 새겨져 있더군. 어느 정도는 해석이 가능했지만 의미를 알 수 없는 술식도 일부 사용되었는데, 뭘 위해 존재하는지 이유를 알 수 없어. 예를 들자면 신발에 칫솔이 달린 듯한……."

신발에 칫솔? 그런 물건에 무슨 의미가 있다는 거야 대체?! 같은 느낌이란 말인가.

천재라 불리는 고렘 기사가 그런 쓸데없는 짓을 할 리가 없었다. 그러니까 박사를 비롯해서 다들 도무지 영문을 모르겠다고 생각하는 거겠지.

그렇지만 천재와 바보는 종이 한 장 차이라고 하니……. 나는 눈앞의 천재를 바라보면서 마음속으로 중얼거렸다.

"기체 자체의 성능은 기존의 '왕관'들과 다르지 않아. 그런데 기체의 제어 및 고렘 스킬을 관장하는 Q크리스털은 구조가 특수해."

동석한 에르카 기사가 자신의 머리를 가리켰다. 고렘의 두뇌라 할 수 있는 Q크리스털은 기체의 제어 및 기본적인 행동 이념, 능력 스킬의 발동 등을 관장한다.

까놓고 말해, 여기만 무사하면 기체를 되살릴 수도 있다. 물론 다른 보디에 장착하면 문제가 줄줄이 발생한다고 하지만.

"Q크리스털에는 그걸 만든 고렘 기사의 습관이라 할 수 있는 흔적이 남네. 그렇다면 이 기체는 틀림없이 크롬 란셰스가 만들었다고 볼 수 있지만……."

교수가 희고 긴 턱수염을 쓰다듬으면서 뭔가가 마음에 걸린다는 듯이 중얼거렸다.

"Q크리스털의 일부에 해석할 수 없는 곳이 있어. 이 기체의 고렘 스킬에 관한 내용으로 보이는데 완벽하게 은폐되어 있더군. 토야의 말을 빌리자면 블랙박스야."

"그런데 골드 자신은 왕관 능력이 없다고 말했어."

"왕관 능력은 없다, 그 말이잖아? 왕관 능력은 대가를 필요로 하는 능력이야. 그 이외의 능력까지 없다고는 할 수 없어. 노른의 검은색 왕관도 왕관 능력은 시간 제어와 병렬 세계에 간섭하는 능력뿐이지만, 대가가 없어도 토야의 【스토리지】처럼 다른 공간에서 무기를 꺼내올 수 있잖아?"

오호라. 왕관 능력과 고대 기체가 지닌 고렘 스킬은 별개란
건가.

"뭐가 됐든 대가가 필요한 능력은 없는 거지? 스테프에게 부
담이 될 만한 능력은……."

"없어 보여. 아니지, 이 녀석한테 숨겨진 고렘 스킬이 '자
폭' 같은 능력이라면 말려들 가능성이 없진 않아."

무서운 소릴!

"'자폭'은 아닐 테지. 이것 역시 고렘 아닌가. 계약자에게 직
접 위해를 가하는 행동은 금지되어 있네."

교수의 말을 듣고 나는 가슴을 쓸어내렸다. 뭐야, 사람 놀라
게 하지 마.

"그리고 이 고렘에는 과거 정보가 없어. 그게 있다면 더 자세
한 사항을 알 수 있었을 텐데."

"그건 스테프가 기동했을 때 초기화했겠지. 굉장히 많은 용
량이 싹 사라졌는데, 뭐가 들어가 있었을까?"

"어쩌면 크롬 란셰스의 연구 기록이었을지도 모르겠구먼.
이 고렘은 크롬의 조수 역할을 했을지도 몰라. 너무 아쉬운 일
이야……."

하아……. 삼인삼색의 한숨이 새어 나왔다. 어? 우리 아이
가 무슨 짓을 저지르기라도 한 건가요?

"그러니까, 골드랑 마스터 계약을 해도 일단은 문제가 없다,
그렇게 이해하면 될까?"

"우리가 아는 범위 내에서는. 위험한지 아닌지로 따지면 쿠온의 '은색' 실버도 위험하지만, 한마디로 어떻게 쓰는지에 달렸어."

그거야 그렇겠지만. 무언가를 '대가'로 내놓아야 하는 능력만 아니라면 괜찮다.

스테프도 걱정하니 바로 골드를 돌려주도록 할까.

어? 쿠온이랑 스테프가 미래로 돌아갈 때, 실버랑 골드는 같이 데리고 가게 되는 걸까? 물론 데리고 간다고 해서 곤란할 일은 없지만.

만약 데리고 간다면, 미래의 우리도 아이들이 실버랑 골드를 데리고 온다는 사실을 알고 있을 테니…… 문제는 없다.

"실버의 이야기에 따르면 '금색' 왕관은 실버랑 마찬가지로 마법 생물을 바탕으로 만들어졌다고 하는데, 어디에 마법 생물이 사용됐는지 모르겠어."

"마법 생물이라고 말은 해도 워낙 폭이 넓으니까. 가고일이나 미믹 같은 것부터 슬라임까지. 더 나아가서는 고렘 그 자체도 일종의 마법 생물이라고 할 수 있잖아. 마법으로 생명을 얻는다면 그건 마법 생물이야."

고렘의 Q크리스털에는 행동 이념과 사고 회로, 기체 제어 등이 각인 마법으로 새겨져 있다. 그것이 생명을 만들어 낸다고 가정한다면 고렘도 마법 생물이라 할 수 있는 거겠지. 이 세계의 골렘과 거의 같은 존재가 되는 건가?

"실버는 검이라는 보디에 유사 인격이 부여된 모양인데, 골드에도 뭔가가 부여돼 있어?"

"【애널라이즈】로 확인해 본 바로는 그런 부여는 되어 있지 않더군. 단, 이 금색의 번쩍거리는 보디는 재질이 뭔지 확인할 수 없었어. 오레이칼코스에 뭔가를 더해 만든 것 같긴 한데 말이야."

박사가 팔짱을 끼고 고개를 갸웃했다. 금색으로 번쩍거리는 이건 오레이칼코스였구나. 보이는 그대로 황금인 줄 알았는데.

정확하게는 오레이칼코스에 뭔가를 더한 합금이라고 한다.

"오레이칼코스에 슬라임을 섞었다든가?"

"오레이칼코스에 슬라임? 말도 안 되는 소릴. ………잠깐만. 메탈슬라임이라는 사례도 존재하잖아. 오레이칼코스 슬라임이 존재한다면……."

난 농담으로 한 말이었는데, 박사는 그 말을 진지하게 고찰해 보기 시작했다. 아차. 이렇게 되면 한참 걸리는데.

"그런데 쿤은 어디 있어?"

골드에 집착할 것만 같은 쿤이 보이지 않았다. 어디 갔지?

"아, 쿤이라면 '격납고'에서 모니카랑 '바르 아르부스'의 조정을 하는 중이야."

바르 아르부스라면 그건가. '흰색' 아르부스 전용의 오버기어. 박사도 그렇고 다들 나한테는 비밀로 하면서 보여 주지 않고 있는 오버 기어다. 쩨쩨하게.

"마침 좋은 기회야. 토야한테 바르 아르부스를 보여 줄까. 토야, 유미나도 불러와 줘. 아르부스도."

오? 왜 안 보여 주나 했는데 이번엔 보여 준다는 모양이다. 완성 직전이라는 말인가?

유미나를 불러오라고 한 이유는 아르부스의 마스터('임시'지만)라서 그런 거겠지.

노른의 레오 느와르처럼 바르 아르부스를 움직이는 사람은 유미나이니 당연히 보여 주어야 한다.

내가 전화로 유미나와 아르부스를 부르자, 무슨 이유에선지 쿠온도 같이 왔다.

아니, 같이 왔다기보다는 유미나가 손을 잡고 데리고 왔다고 해야 더 정확할까.

"오늘은 부탁받은 디오라마를 진행하고 싶었는데……."

"가끔은 기분 전환도 해야 해요! 그렇게 작은 물건만 보고 있으면 눈이 나빠져요!"

쿠온이 만든 브륀힐드 성 디오라마가 마음에 들었던 다른 임금님들이 너도나도 만들어 달라고 부탁한 탓에 쿠온은 시간만 나면 방에 틀어박혀 디오라마 제작에 몰두했다.

그 탓에 나는 아리스한테 쿠온이 자신을 만나주지 않는다는 불평을 듣는 처지다.

유미나 말대로 방에만 틀어박혀 있으면 건강에도 좋지 않다. 혹시나 방구석폐인 같은 사람이 되어서는 곤란하다.

별로 내키지 않아 하는 쿠온을 데리고 우리는 바빌론의 '격납고'에 가 보았다.

"쿠온. 미래에서 바르 아르부스라는 오버 기어를 본 적 있어?"

"있어요. 몇 번인가 타 본 적도 있고요."

어? 오버 기어는 전용기 아니었어?

유미나가 태워 줬나? 어린이 한 명 정도라면 콕핏에 탈 수 있으니까.

'격납고'에 도착한 우리는 평소의 프레임 기어가 놓여 있는 정비소가 아니라, 다른 통로로 안내를 받았다. 여기는 사용되지 않는 곳 아니었나?

박사가 정비소의 문을 열어 줘 안에 수납된 기체를 본 나는 절로 이런 말이 흘러나왔다.

"우주 전함⋯⋯?!"

그렇게 표현할 수밖에 없는 기체가 눈앞에 놓여 있었다.

일단 굉장히 크다. 바빌론의 '격납고'에는 시공 마법이 걸려 있어 겉보기보다 확장된 공간이긴 하지만, 이건 차원이 다른 크기였다. 몇백 미터짜리지? 역시나 1킬로미터는 안 되겠지만 이건 너무 크잖아.

미국의 SF TV드라마에 등장하는 갤럭시급이라는 우주 전함도 700미터는 안 됐을 텐데? 그거보다 더 큰 거 아냐?

기체는 새하얗게 빛나고 있었다. 자세히 보니 이건 고래였다. 새하얀 고래형 오버 기어구나!

"이게 슈퍼 드레드노트급 오버 기어, 바르 아르부스야. 비행 능력과 잠수 능력을 갖췄고, 많은 프레임 기어를 탑재, 운반할 수 있지. 다양한 무장을 장비해 온갖 국면에 대처할 수 있는 만능 전함이야."

이게 하늘을 난다고? 아니지. 바빌론이 하늘에 떠 있으니, 그 정도야 별것 아닌 일인지도 모르지만.

"사실은 변형하면 오르트린데 오버로드보다도 큰 프레임 기어가 되도록 만들고 싶었는데, 그래선 기체에 부담이 많이 가고 내구성도 낮아지니 포기했어."

높이 몇백 미터짜리 프레임 기어는 걷기만 해도 주위에 피해를 주잖아. 자연 파괴야. 만약 쓰러지기라도 하면 그 피해가 얼마나 막심할지 상상도 안 된다.

"수중용 오버 기어라고 들었는데 하늘도 나는군요……."

유미나가 멍하니 입을 벌리며 새하얀 기체를 올려다보았다. 이 거대한 기체가 날아다니면 엄청난 소동이 벌어지지 않을까?

"그건 바빌론처럼 은폐 마법을 사용할 테니 아무 걱정 없어. 단, 전투에 들어가면 해제해야 하지만."

은폐 마법 필드를 치고 있으면 공격을 할 수 없다고 한다. 전투에 참여하지 않으면 발견되지 않는다는 말인가?

"설마 이거, G큐브로 움직여?"

"아니? 바르 아르부스는 정령로를 탑재했어. 쿤이 레아 왕국의 보물고에서 받아 온 물건을 분석해 개량해서 탑재했지. 주변에 있는 정령한테 아주 조금씩 정령력을 받아 바빌론의 '탑'과 같은 방법으로 몇십 배로 증폭한 힘을 동력원으로 삼고 있어. 물론 G큐브도 탑재하고 있지만, 따지자면 그건 예비 전력 같은 거야."

정령한테서? 이건 정령력으로 움직이는 거였어?

정령의 힘은 마소가 원료인 마력보다도 훨씬 출력이 높다. 그건 평범한 불 마법과 불의 정령의 힘을 빌린 정령 마법을 비교하면 바로 알 수 있다.

이 거대한 물건을 자유롭게 움직이려면 그 정도의 힘이 필요한 건지도 모른다.

"내부를 안내해 줄게. 이쪽이야."

박사의 안내로 고래의 배에서 내려온 트랩을 올라 안으로 들어갔다.

마광석이 밝게 빛을 내고 있어 안은 의외로 밝았다.

내부는 우주 전함처럼 기계적이지 않을까 생각했는데, 그렇지는 않았다. 오히려 고급 호텔 같은 만듦새였다. 로비 같은 곳에는 카펫도 깔렸고, 관엽식물까지 놓여 있었다. 마광석 샹들리에까지 있네?

"여기에 올라타 줘."

"이건 전이진이야?"

"넓으니까. 걸어서 이동하면 시간이 걸리잖아? 이걸 타면 함교까지 단숨에 날아가지."

통로 일각에 마법진이 설치되어 있어 모두가 그 위에 올라타자, 박사가 곧장 옆에 있던 벽에 마력을 흘렸다.

순식간에 주변의 풍경이 바뀌었다. 아무런 충격도 없이 순식간에 전이한 모양이었다.

조금 전의 고급 호텔과는 달리, 이번에 이동한 장소는 딱 생각한 이미지 그대로의 장소였다.

즉, 우주 전함의 함교였다.

정면에는 초대형 모니터, 중앙에는 함장(선장?)이 앉는 곳으로 보이는 조금 높은 좌석, 앞쪽 좌우로 조작 패널이 설치된 좌석까지. 주변에도 둥글게 설치된 조작 패널이 은은한 빛을 발하고 있었다.

이건 박사한테 보여 준 애니메이션이나 SF영화에 나오는 우주 전함의 함교를 마구 뒤섞어 놓은 모습이잖아…….

"어? 아버지랑 유미나 어머니…… 쿠온까지. 벌써 소개한 건가요?"

함장석에 앉아 있던 쿤이 우리를 돌아보며 얼굴을 빼꼼 내밀었다. 커다란 의자에 앉아 있어서 뒤에서는 있는지도 몰랐어.

"최종 체크는?"

"다 끝났어요. 이제 남은 건 가동 중의 미세 조정뿐이에요.

아, 그래서 유미나 어머니가 오신 건가요?"

"응. 시운전을 해 볼까. 자자, 유미나는 그 자리에 앉고, 아르부스는 그 아래 자리에 앉아 줘."

자세히 보니 함장석 바로 앞 아래에 작은 좌석이 있었다. 아르부스가 그곳에 앉자 에르카 기사가 플러그처럼 보이는 물건을 아르부스의 등에 몇 개인가 접속했다.

함장석에서 내려온 쿤 대신에 유미나가 그곳에 앉자, 이곳에도 좌석 뒤에서 머리를 다 뒤집는 반투명한 바이저가 내려와 유미나의 머리를 감싸 버렸다.

"어때? 잘 작동해?"

"와……?! 괴, 굉장해요! 자신의 시점과는 다른 여러 시점을 동시에 확인할 수 있어요!"

"바르 아르부스에 장착된 몇 대나 되는 카메라가 아르부스를 통해 유미나와 링크되거든. 정면 모니터에 그 시야를 접속할 수 있을 텐데?"

박사가 그런 말을 하자마자 정면의 거대 모니터가 확 하고 켜지더니, 바르 아르부스의 정면에 있는 '격납고'의 거대한 셔터가 비쳤다.

"음, 영상에는 문제가 없는 듯하구먼."

"에테르 라인도 문제없습니다."

"유미나, 정령로를 가동해 주겠어? 아르부스에게 명령하면 돼."

어느새 주변의 콘솔에 배치되어 있던 에르카 기사에게 이끌리듯이 유미나는 아르부스에게 말을 걸었다.

"어……. 아르부스, 정령로를 가동…… 개시?"

《알겠습니다. 정령로, 가동 개시.》

부오오오옹……. 조용한 기계음과 함께 함교에 있는 여러 콘솔이 빛을 내기 시작했다.

쿠궁, 하고 작게 흔들린 뒤, 모니터에 비친 영상이 천천히 아래로 내려갔다. 바르 아르부스가 상승을 시작한 것이다.

"은폐 마법 발동, 필드 전개. 모니카, 셔터를 열어 줘."

《알았어!》

'격납고'의 관리인인 모니카의 목소리가 들린 뒤, 눈앞의 셔터가 위로 올라가며 열렸다.

그 앞에 펼쳐진 풍경은 구름 하나 없는 푸른 하늘과 벨파스트, 레굴루스 양국에 걸친 멜리시아 산맥이었다.

"좋아. 아르부스, 미속 전진. 이크, 유미나가 아니면 명령을 받아들이지 않나?"

"어~. 아르부스, 미속 전진."

《알겠습니다. 미속 전진.》

유미나의 명령을 받고 백경(白鯨) 바르 아르부스가 천천히 하늘의 대해로 나아가기 시작했다.

천천히 바빌론의 '격납고'에서 나온 흰 고래형 오버 기어 바르 아르부스가 구름 하나 없는 하늘을 천천히 헤엄쳤다.

"생각보다 속도는 안 나오네."

"궁니르급 속도를 못 내지는 않지만 주변의 대기나 물에서 끌어올 수 있는 정령력이나 마소에는 한계가 있으니까. 만약 그런 속도를 내면 바르 아르부스는 당분간 항해가 불가능해 지지."

"설마 변환하는 마소의 양이 출력을 따라잡지 못하면 추락 한다든가……?"

"그런 일은 없어. 고도가 아주 천천히 내려갈 뿐이거든. 깃 털이 떨어지는 속도야."

솔직히 그것도 떨어진다고 해야 하는 거잖아? 아래에 대도 시가 있으면 엄청난 피해가 생기거든?

비상사태가 아니면 억지로 속도를 내지 말아야겠구나.

"일단 바빌론 밖으로 나왔는데…… 어디로 가면 될까요?"

반투명한 바이저를 쓴 함장석의 유미나가 박사에게 물었다.

"일단 남쪽으로 갈까? 미스미드와 라밋슈 사이에 있는 내해로 가지. 그곳에서 잠수 테스트를 하고 싶어."

미스미드와 라밋슈 사이에 있는 내해…… 사피아해(海)인가.

【게이트】를 열어 바르 아르부스를 전이시키면 어떤가 제안했지만, 비행 테스트도 겸하고 있다며 거절당했다. 그야 그런가.

속도가 안 나온다곤 하지만 마차 같은 교통수단보다는 훨씬 빠르다.

이런 속도라면 몇 시간이면 도착하겠지만, 할 일이 없네.

유미나는 아르부스에게 세세한 지시를 내리면서 바르 아르부스의 조작법을 배우고 있는 듯했다. 상승하기도 하고 하강하기도 하고, 멈추기도 하고 뒤로 가기도 하고.

그렇게 움직이고 있는데도 신기하게 멀미는 나지 않았다. 뱃멀미처럼 속이 울렁거리는 일이 있을 줄 알았는데.

박사를 비롯한 개발진들은 조금 전부터 열심히 콘솔에 달라붙어 뭔가 타자를 치고 있고, 쿤도 그걸 돕느라 이리저리 움직였다.

나와 쿠온만이 정해진 자리도 없이 정면의 대형 모니터를 바라보고 있었지만, 특별히 풍경이 변하지 않아 점차 질렸다.

쿠온도 역시 질렸는지 바닥에 앉더니, 스마트폰의【스토리지】에서 디오라마 부품과 토대를 꺼내 조립하기 시작했다.

이런 곳에 와서까지……. 정말 마이웨이구나.

그렇지만 나도 한가했기 때문에 쿠온을 돕겠다고 나섰다.

쿠온은 작은 벽돌 같은 부품을 늘어놓고 접착하고, 벽처럼 크게 만들어 갔다.

지금 쿠온이 만드는 디오라마는 레굴루스 제국의 성이다. 꾸밈없고 튼튼한 만듦새로 역사가 느껴지는 성이다.

제작 부분에 내가 손을 댔다간 퀄리티가 떨어지니, 내가 돕는 부분은 주로 준비 단계였다.

나는 슬라임 소재에서 채집한 성분을 마구 휘저었다. 이걸 잘 섞어 끈적끈적하게 만들지 않으면 기포가 생긴다나 뭐라나. 이거, 어디에 쓰는데?

"굳혀서 해자의 물로 사용할 거예요."

그렇게 말하더니 쿠온은 내가 휘저어 놓은 슬라임 용액을 성의 해자에 흘리기 시작했다. 아하, 물이었구나.

모두 흘려보낸 다음, 이번에는 이쑤시개 같은 물건으로 흘려보낸 표면에 쓱쓱 선을 그리기 시작했다. 처음에는 뭘 하나 싶었는데, 잠시 후, 물의 표면의 세세한 물결을 만들고 있다는 사실을 깨닫고는 깜짝 놀랐다. 이렇게 세세한 표현이 가능하다니 대단해…….

"사피아해가 보여요."

유미나의 말을 듣고 정면 모니터를 올려다보니, 지평선 부근에서 반짝거리는 수면이 보였다.

가우의 대하(大河)와 연결되는 사피아해는 작은 나라 정도의 면적이었다. 바르 아르부스가 잠행해도 큰 문제는 없을 정도의 크기다.

"좋아. 잠수를 시작해 볼까. 천천히 잠수해."

"알겠습니다. 아르부스, 잠수해 주세요."

《알겠습니다.》

유미나의 말에 따라 바르 아르부스가 천천히 물속으로 들어갔다. 잠시 영상이 탁해졌지만, 금세 선명한 화면으로 전환되어 바닷속에서 도망치는 물고기의 모습이 보였다.

"모니터를 잠수 모드로 전환 완료. 시야 양호."

"수압에도 문제가 없구먼. 정상적으로 잠행 중이네."

"센서에 대형 해수의 흔적 없음. 적 탐색 속행."

문제없이 바르 아르부스는 잠행하고 있는 듯했다. 바닷속은 더 어두울 줄 알았는데 꽤 선명하게 잘 보이네.

"그렇게 보이도록 조정을 했으니까. 실제로는 어두워. 깊은 바다의 바닥 근처로 가면 빛이 전혀 닿지 않는 암흑 세계지."

박사가 내 의문에 대답해 주었다. 아, 역시 밖은 어두워졌구나. 바르 아르부스에는 창문이 없으니 알 수가 없었던 거야.

순식간에 바르 아르부스는 바다 밑바닥까지 가라앉은 모양이다. 사피아해는 그다지 깊지 않아 수심이 3000미터 정도라고 한다. 깊은 건지 깊지 않은 건지 잘 모르겠어.

지구의 바다로 따지면 마리아나 해구가 제일 깊은 곳으로 1만 미터가 넘는다고 들었으니, 깊지 않다고 할 수 있나……?

"잠행은 문제없어 보여. 좋아. 다음은 탐사 테스트를 해 볼까. 유미나, 무인 탐사기를 꺼내줘."

"네. 어~. 이거군요. 아르부스, 무인 탐사기를 A00에서 A99까지 출동시켜 줘."

《알겠습니다.》

무인 탐사기?

아르부스가 유미나의 명령을 수행하자, 모니터 앞으로 몇몇 구체가 마치 어뢰처럼 힘차게 날아갔다.

저게 무인 탐사선이야? 탁구공처럼 작네.

"이 해역을 저거로 탐사해?"

"토야의 【서치】에도 걸리지 않는 걸 보면, '방주'에는 저 해결계가 장비되어 있겠지. 그렇다면 직접 눈으로 보는 탐사가 제일 확실하잖아? 저 탐사구는 설령 상대가 환영을 두르고 있어도 간파할 수 있는 기능이 갖춰져 있어. 그에 더해 탐사구 자체가 바르 아르부스처럼 은폐 마법을 두르고 있으니 상대는 탐사구를 발견하기 어렵지."

스텔스 기능도 갖추고 있었구나. 당연한가. 안 그러면 커다란 바다 마수가 먹이라 생각하고 먹어 버릴지도 모르니까.

정면의 대형 모니터 좌우에 설치된 중형 모니터에, 각각 50개로 분할된 화면이 비쳤다. 영화에 등장하는 경비실의 감시 카메라 화면 같아.

중형 모니터도 영상이 밝은 편이었다. 그래도 어둑어둑한 느낌이랄, 뭔가 기묘한 거라도 화면에 비쳐야 알아차릴 수 있을 듯한데…….

"이걸 전부 다 계속 확인하고 있긴 힘들지 않아?"

계속 물고기나 바위가 영상에 비쳤지만, 100개나 되는 영상을 보고 있으려니 눈이 따끔거렸다.

"인간의 눈으로 모든 영상을 감시하긴 불가능하지. 이상한 점이 있다면 아르부스가 눈치채고 알려줄 테니 걱정은 하지 않아도 되네."

《A42번기가 미확인 물체를 발견. 급행한다.》

우리가 대화를 나누는 사이에 뭔가 발견을 한 모양이었다. 설마 '방주'는 아니겠지? 벌써 발견할 리는 없다고 생각하면서도, 우리의 눈은 확대된 42번기의 영상을 주목했다.

어둑어둑한 해저에는 무언가가 떨어져 있었다. 크네. 응? 저건…….

"침몰선인가?!"

한가운데가 두 동강이 난 듯한 커다란 배가 가라앉아 있었다. 그런데 좀 이상했다. 돛대로 보이는 곳에 프로펠러랑 비슷한 형태가 보였다. 평범한 배가 아니었다.

"이건…… 비공정인가?"

"비공정?"

박사가 42번기의 영상을 보고 살짝 놀랐다는 듯이 말했다.

"고대 마법 왕국 시대에는 비교적 흔하게 하늘을 날았던 배야, 이런 곳에 침몰해 있었을 줄이야. 5000년 전, 프레이즈와 싸우다가 추락했나? 군선은 아닌가 본데…….”

“고대 마법 왕국 시대의 배인가요?!”

“만약 보호 마법이 걸려 있다면 보존 상태도 나쁘지 않겠지?”

“호오, 그건 흥미가 생기는구먼.”

박사의 말을 듣고 쿤, 에르카 기사, 교수^{프로페서}가 바로 흥미를 보였다. 이 마공 오타쿠들은 정말.

“유미나. 42번기를 향해 가 줘.”

“알겠습니다.”

바르 아르부스가 방향을 전환해 바닷속을 전진했다. 이윽고 정면 모니터에 42번기가 발견한 침몰선이 비쳤다.

꽤 크네. 바르 아르부스랑 비교할 정도의 크기는 아니지만 50미터 가까이 된다.

돛대는 세 개. 그중 두 개는 부러졌다. 후방에도 커다란 프로펠러로 보이는 물건이 있었고, 배의 동체에는 커다란 노처럼 보이는 물건이 몇 개나 밖으로 튀어나와 있었다.

공중을 나는 배인데 저 노는 어디다 쓴 거지?

“공중에 있는 마소를 포착해 배의 추진력으로 삼았거든. 원리는 배의 노와 다를 바 없어.”

음~. 보조 동력 같은 건가? 설마 갤리선처럼 사람의 힘으로 저은 건 아니지?

“그래서? 저걸 어쩌려고?”

"당연히 회수해야죠! 고대 마법 왕국 시대의 유물이에요!! 이런 해저에 방치하다니 말도 안 돼요!"

"그, 그렇습니까……."

쿤이 무서운 얼굴로 화를 냈다. 쿤의 입장에선 이미 당연히 회수해야 할 물건으로 결정 난 모양이다.

박사를 포함해 다른 사람들도 회수하는 데 찬성하는 듯했다. 그런데 어떻게 회수하려고?

"어떻게 회수하냐니. 토야의【스토리지】면 한 방에 가능하잖아?"

"아, 그런가."

박사의 어이없다는 듯한 목소리를 듣고 나는 내가 바보 같은 질문을 했다는 걸 깨달았다. 나는 또 잠수 로봇이나 프레임 기어를 써서 회수하는 줄 알았지…….

【스토리지】를 사용하면 한 방에 가능한데. 왜 그걸 깨닫지 못하는 건지…….

박사의 말대로 나는【스토리지】로 비행정만 회수했다.

"회수는 했는데 이걸 어디에 꺼내놓지?"

"바르 아르부스의 격납고에 부탁할게. 여기야."

유미나와 쿠온, 그리고 아르부스를 함교에 남겨두고 우리는 박사의 안내를 받아 바르 아르부스의 격납고로 갔다.

전송 장치를 사용해 순식간에 도착한 격납고는 터무니없을 만큼 넓었다. 이곳도 시공 마법으로 확장된 곳인가?

나는 【스토리지】에서 회수한 비공정을 꺼내놓았다. 비공정만 회수하고 싶어서, 회수할 때는 바닷물을 모두 제거해 뒀었다. 그 덕분에 비공정의 표면에도 바닷물이 한 방울도 남지 않아 격납고가 젖는 일은 없었다.

비공정에 눌어붙은 모래나 잔해도 사라져서 비공정은 새것처럼 반짝거렸다. 녹 하나 안 슬었네.

에르카 기사의 말대로 보호 마법이 걸려 있었나 보다. 바빌론이랑 똑같구나?

박사가 비공정을 올려다보며 중얼거렸다.

"흠. 보아하니 탈웨스 공화국의 상선이군. 전투에 말려들었나."

탈웨스 공화국? 들어 본 적 없는 나라다. 고대 마법 왕국 시대의 나라 중 하나인가 보다.

"상선이라. 적재된 화물이 무엇인지 궁금하구먼."

"고대 마법 왕국 시대의 마도구라면 재미있을 텐데."

"그것도 있으면 물론 기쁘겠지만, 이 배 자체가 이미 보물이에요! 동력부는 어디일까요⋯⋯."

마공 오타쿠들이 제각각 비공정을 이리저리 만지며 살펴보았다. 너희들 너무 자유로워 탈 아니야?

나도 비공정에 접근해 표면을 톡톡 두드려 보았다. 금속 같으면서도 조금 다르네. 경질 고무 같은 감촉이다.

선내로 들어갈 수 있는 해치를 무시한 채, 부러진 곳을 통해

안으로 들어갔다.

"우와."

안으로 들어가 보니 나뭇조각이나 모래 등이 쌓여 있었다. 이건 보호 마법이 걸려 있지 않은 채 이 배에 실려 있던 물건들의 최후인 듯했다.

진흙 같은 물질이 【스토리지】에 회수되며 수분을 잃고 이렇게 되어 버린 건가.

……잘 생각해 보면 이 배에 타고 있던 사람들도 있었을 텐데……. 그 모래에는 그 사람들의 뼈도 섞여 있을지도……?

나는 마음속으로 염불을 외면서 가볍게 인사를 하고 배 안으로 들어갔다. 5000년이나 지났으니 이미 성불했으리라 믿고 싶다.

부러진 선내의 앞부분을 꼼꼼히 찾아봤지만, 특별히 이렇다 할 요소는 찾을 수 없었다. 화물은 식량이었을지도 모르겠어. 프레이즈한테서 도망치기 위해 식량을 싣고 도망쳤지만 격추된 그런 상황일지도?

내가 비공정 밖으로 나오자, 후방의 갑판에 들어갔던 쿤이 즐거운 표정을 지으며 다가왔다.

"아버지, 아버지! 이 배의 동력로, 아직 살아 있어요! 수리하면 이 배는 되살아나요!"

호오. 동력로는 무사했구나. 그런데 단지 그것뿐이라고 하기엔 너무 흥분한 거 아닌가?

"우린 말이네, 이 배에 그다지 흥미가 없어서 쿤 양에게 전부 넘겨줄까 하네……."

"그 이야기를 했더니 너무 기뻐 어쩔 줄 몰라 하더라고."

"물론 토야가 허가했을 때의 얘기지만. 어떻게 할래?"

어떻게 하겠냐니…….

눈을 반짝이며 제발 허락해 달라는 광선을 쏘는 쿤의 부탁을 내가 거절할 수 있을 리가 없잖아!

하다못해 이 자리에 린이 있었다면 조금이나마 저항했을지도 모르지만.

"꼭 시간을 정해서 그 시간에만 다뤄줘. 린이 화나지 않도록……."

"감사합니다!"

쿤이 미소를 지으며 나를 껴안았다. 저걸 혼자서 수리할 셈이야? 어린이한테 주는 선물이라기에는 너무 큰 물건인지도 모른다.

《경고. 우현 전방에서 본선을 향해 거대 생명체가 접근 중.》

갑자기 삐삐 하는 경고음과 함께 아르부스의 목소리가 선내에 울려 퍼졌다.

"음? 무슨 일이 벌어졌나 봐. 함교로 돌아가자."

박사의 지시에 따라 우리는 전이진에 올라타 다시 유미나가 기다리는 함교로 귀환했다.

정면 모니터에는 엄청나게 큰 바다뱀 같은 마수가 이쪽을 향

해 헤엄쳐 오고 있었다.

"레비아탄인가?"

레비아탄은 몸길이 100미터에 이르는 바다의 마수다. 크라켄과 동급으로 뱃사람들이 두려워하는 존재다.

둘 다 나는 소환수로 활용하고 있지만.

그런데 저건 평범한 레비아탄보다 더 커 보였다. 모니터에 표시에는 300미터라고 나와 있는데, 일반적인 레비아탄의 두 배 이상인 건가?

"저건 평범한 레비아탄이 아니야. 레비아탄의 아종, 레비아탄로드군."

레비아탄로드? 분명히 평범한 레비아탄보다 크고, 비늘도 평범한 레비아탄과는 달리 뾰족뾰족해 보였다. 색도 레비아탄보다 짙은 파란색이다.

갑자기 그 레비아탄로드인가 하는 마수가 입에서 흔들리는 고리 모양을 우리를 향해 고속으로 내뿜었다.

바르 아르부스가 아주 작게 흔들렸다. 공격당했나?

"틀림없이 적의를 품고 우리를 공격했네요."

"혹시 이 근처의 보스일까? 자기 구역을 침범해서 화가 났나?"

쿠온과 린이 그런 대화를 나눴는데, 나도 그 의견에 동의했다. 구역을 침범한 외부인을 제거하려는 심산이겠지.

내가 그런 생각을 하는데, 옆에 있던 박사가 씨익 대담한 미소를 지었다. ……사람 나빠 보이는 얼굴이야.

"마침 잘됐어. 바르 아르부스의 전투 상대로 부족함이 없으려나?"

"레비아탄로드의 소재는 마공 소재로 활용되는 게 많지?"

"비공정보다 이게 더 보물산이나 마찬가지로구먼."

"유미나 어머니! 해치워 버려요!"

명백히 쿤은 '마공 소재'라는 말이 나온 이후부터 의욕이 넘치기 시작했다.

알기 쉬워 좋긴 하지만, 장래에 귀중한 마공 소재를 가지고 있는 남자에게 속아 넘어가지나 않을지 조금 걱정이 된다.

레바아탄로드를 공격하라는 지시를 받은 유미나는 함장석의 발걸이에 있는 콘솔에 손가락을 대고 스와이프했다.

"공격 말인가요? 그러면…… 아르부스, 이 36연장 마황 어뢰라는 무기를……."

"잠깐! 그건 아무래도 위력이 너무 강해. 레비아탄로드가 바다의 부스러기가 되겠지."

"유미나 어머니, 그건 안 돼요!"

대체 이 오버 기어에 어떤 무기를 탑재하고 있길래 그러는지.

박사와 유미나가 무언가 대화를 나누는 사이에도 레비아탄로드가 충격파 같은 공격을 거듭했다.

다행히? 레비아탄로드의 공격으로는 이 배는 큰 타격을 받지 않는 듯했다.

그렇다고 계속 당하고만 있을 수는 없었다.

"아르부스, 4번 마황 어뢰 발사."

《알겠습니다.》

작게 삑 소리가 나자마자 눈앞의 모니터를 보니 어뢰 하나가 어마어마한 속도로 레비아탄로드를 향해 날아갔다.

그리고 모니터가 눈부실 정도의 섬광에 잠시 휩싸이더니, 눈앞의 레비아탄로드가 상하로 찢겨 여러 가지 물질을 흩뿌리면서 바다 안을 둥둥 떠다녔다.

"아차. 너무 적절한 곳에 맞고 말았어."

작게 혀를 차며 박사가 중얼거렸다. 아무래도 어뢰가 너무 깔끔하게 적중해서 레비아탄로드에게 큰 타격을 준 모양이었다.

레비아탄로드는 어떤지 모르지만, 레비아탄은 방어력이 그다지 높지 않은 마수였다. 그 아종이니까, 저것도 방어력은 그다지 높지 않을지는 모르지만 한 방에 저렇게…….

비행정과 마찬가지로 나는 레비아탄로드도 【스토리지】를 이용해 회수했다.

격납고에 그대로 꺼내놓으면 격납고에 냄새가 날 듯하니 그냥 【스토리지】에 보관해 두자.

나중에 모험자 길드에 의뢰해 해체해야겠어.

너무 큰 마수면 길드 부지 내에서 해체할 수 없으니, 마을 외곽으로 나가야 한단 말이지. 해체에도 시간이 걸리니, 어물거리다가는 선도가 떨어진다. 철야 작업이 되겠지. 길드 해체 직원들을 생각하면 그저 미안할 따름이다.

"전투 실험도 끝났고, 오늘은 이쯤에서 끝낼까? 바빌론에 돌아가 미세 조정을 한 다음에 본격적인 탐사에 들어가자."

"본격적인 조사라면 '방주[아크]'를 발견하기 위해 전 세계의 바다를 조사한다는 거지? 하지만 유미나가 계속 이 배에 타고 있을 수는 없는데……."

"아니. 탐사라면 아르부스만 있어도 충분해. 예측하지 못한 사태가 벌어지면 연락할 수 있도록 조처해 둘 테니 문제없어."

아르부스에게 해저 탐색을 맡기는 거야? 고렘이니까 24시간 내내 활동할 수야 있겠지만, 전 세계의 바다를 구석구석 찾는 일은 보통 힘든 일이 아닐 텐데.

"동시에 동맹 각국의 해안 부근에는 마커를 설치해 두겠어. '사신의 사도'의 침공이 벌어지면, 한시라도 빨리 감지할 수 있도록. 각국의 수뇌진한테는 토야가 잘 설명해줘."

"알았어."

이 이상 그놈들이 마음대로 설치게 놔둬선 열불이 나니까. 다음엔 내가 나서서 확 묵사발을 만들어 주겠어.

◇ ◇ ◇

바르 아르부스의 '방주(아크)' 탐색은 천천히 진행되었다.

전 세계의 바다를 찾는 일이니 그럴 수밖에 없다. 쉽게 끝나는 작업이 아니다.

'방주(아크)'는 발견하지 못했지만, 침몰선이나 해저에 가라앉은 유적 등은 얼마간 발견했다는 모양이었다.

박사의 말에 따르면 5000년 전의 프레이즈 대침공 때는 지형이 변할 정도의 마법이나 천재지변을 일으킬 정도의 마법 병기를 습격해 오는 프레이즈를 향해 마구 날려서, 일부 도시는 해저 깊숙이 가라앉았다고 한다. 유적이란 그때 가라앉은 도시의 잔해인 듯했다.

서방 대륙에서도 '고렘 대전(大戰)' 때 몇몇 결전 병기를 사용한 공격으로 바다에 가라앉은 섬이나 도시가 있었다고 한다.

그에 더해 일부 장소에서 부자연스러운 발굴 흔적이 발견되었다.

그건 사신의 사도들이 해저 자원을 채굴한 흔적인 듯했다.

레아 왕국을 습격한 프레임 기어와 비슷한 외눈 고렘. 그걸 양산할 자원을 모으고 있는지도 모른다.

'방주(아크)'가 희대의 고렘 기사 크롬 란셰스의 전용 공장이었다고 해도, 대량 양산이 가능한 능력을 보유하고 있지는 않다고 생각한다.

그러니까 프레이즈처럼 몇만 단위로 습격해 오지는 않겠지만, 안타깝게도 지금은 어디서 출몰할지 예측을 할 수 없는 상태다.

바르 아르부스로 탐색한 지역의 해저에 은폐한 마커를 설치해 두긴 했지만, 아직은 벨파스트, 리프리스, 파나셰스의 일부 지역만 커버가 가능했다.

해안에 설치해서는 너무 늦게 알아채게 되니까. 가능하면 항구 마을이 습격당하기 전에 발견하고 싶은데…….

지금 그건 일단 제쳐 두고.

"우와~. 에드 오빠가 굉장히 작아~. 귀여워!"

아기 침대에서 잠든 오르트린데 공작 가문의 후계자, 에드워드를 들여다보면서 스테프가 싱글싱글 웃었다.

쿠온과 마찬가지로 스테프로 숙부인 에드를 '숙부님'이 아니라 '오빠'라고 부르는 듯했다.

"후후, 에드도 안심이 되는지 편히 자고 있단다. 스테프, 이쪽으로 오렴."

"할머니~."

스테프가 스우의 어머니, 에렌 씨에게 안겨들었다.

그 모습을 흐뭇하게 바라보면서도 어머니인 스우는 작게 한숨을 내쉬었다.

"이거야 원. 스테프는 아직 응석쟁이구먼……."

"막내니까 어쩔 수 없지 않을까? 우리는 응석을 받아 줄 사람이 많기도 하니까."

"그런 사람의 선두 주자는 토야 아닌가."

정곡을 찌르는 반박이었지만 나는 모른 척하며 눈앞의 홍차에 입을 댔다. 오, 역시 오르트린데 공작 가문, 아주 질 좋은 차인걸?

"에렌, 혼자서만 치사하잖소! 스테프, 이리 오렴. 과자를 주마."

"고마워, 할아버지!"

평소에는 반듯하고 늠름한 오르트린데 공작이 흐물흐물한 표정을 지었다. 이건 정말 보기 드문 모습이네. 스우나 에드 때도 이 정도까지 헤벌쭉한 모습을 보인 적은 없었던 것 같은데. 이게 아들딸보다 손주를 더 귀여워하는 모습의 전형적인 예인가?

나도 손주를 보게 되면 저렇게 되는 걸까? 즉, 그 말은 딸들이 결혼을 한다는 말로…….

……아니, 없어. 응, 그런 미래는 없어. 내 마음속의 미래 예상도는 쿠온이 신부를 맞이하는 모습. 오직 그것뿐이다.

그런데 그렇게 되면 손주는 쿠온과 아리스 사이의 아이일까? 그 말은 곧 태어나는 손주는 엔데의 손주이기도 하다는 건데…….

왜 이러지? 상상했더니 대항심이 활활……. '엔데 할아버지보다 토야 할아버지가 더 좋아!' 라는 말을 들을 수 있도록 노력해야겠어!

"……조금 전부터 혼자 표정이 들쑥날쑥 바뀌는데 괜찮은 겐가……?"

"앗. 으, 응. 괜찮아, 괜찮고말고. 잠깐 미래를 생각했을 뿐이야."

나를 의아하게 바라보며 묻는 스우에게 나는 아무 문제도 없다고 대답했다.

스테프는 오르트린데 공작과 에렌 씨 사이에 앉아 건네주는 쿠키를 입에 가득 넣고 맛있게 먹고 있었다.

손주와 할아버지, 할머니라기보다는 부모님과 딸처럼 보이네. 실제 딸인 스우와 이곳에 있는 스테프는 열 살도 차이가 나지 않으니, 당연하다면 당연한 일인지도 모르지만.

"왠지 가슴이 답답하구먼. 스테프는 나의 딸인데……."

"그 마음 이해해. 나도 그렇거든."

스우가 오르트린데 공작과 스테프 사이에 끼어들어 꼬옥~ 스테프를 껴안았다.

"어머나. 스우도 참, 질투하는 거니?"

"어머니. 이건 질투가 아닐세. 어머니로서 딸을 귀여워하고 있을 뿐이니까."

"어머, 그럼 나도 딸을 귀여워해 줘야겠는걸?"

에렌 씨가 스테프를 껴안은 스우를 그대로 꼬~옥 껴안았다.

보기 좋다. 좀 부러워.

스테프와 스킨십을 나누는 모습을 부러워하는 내 곁으로 스우가 앉는 바람에 소파에서 쫓겨난 오르트린데 공작이 다가왔다.

"참, 이렇게 빨리 손주의 얼굴을 보게 될 줄은 몰랐네. 스테프도 스우랑 닮아 아주 착한 아이군."

"그렇죠? 착하죠? 제 딸이니까요."

"토야가 이토록 딸 바보가 될 줄이야. 의외야……."

어? 날 디스한 건가? 사실을 말했을 뿐인데.

"그런데…… 스테프는 언제까지 이 시대에 머물지?"

"한동안은 머물게 될 거예요. 갑자기 사라지거나 하진 않으니 안심해 주세요."

내가 그렇게 대답하자 오르트린데 공작은 조금 안심한 듯한 표정을 지었다.

실제로 사신의 사도를 어떻게든 처리하지 않는 한 미래로는 돌려보낼 수 없었다.

그자들이 중간에 방해해서 아이들이 올바른 미래로 돌아가지 못할 가능성이 있기 때문이다.

토키에 할머니에 따르면 확률은 낮다고 하지만, 조금이라도 그럴 가능성이 있다면 무슨 수를 쓰든 그자들을 제거해야 한다.

마음속으로 그런 결의를 하면서, 할아버지 할머니와 단란한

한때를 보낸 스테프를 데리고 브뢴힐드로 돌아갔는데, 아리스의 손에 이끌려 복도를 걷고 있는 쿠온과 딱 마주쳤다.

"앗, 아버지. 스우 어머니랑 스테프도. 어서 오세요."

"다녀왔어. 두 사람은 어디 나가던 참이었어?"

"쿠온이 계~속 방에만 틀어박혀 있어서 놀러 가려고!"

"아니, 난 디오라마 제작을……."

쿠온이 조용하게 변명하듯 말했다. 각 나라의 임금님들의 부탁으로 성의 디오라마를 제작하는 그 일은 특별히 마감 기한이 있거나 하진 않았다. 그러니까 너무 그것에만 몰두할 필요는 없다고 생각한다.

그보다도 온종일 방에 틀어박혀 작업만 계속 몰두하면 당연히 건강에 좋지 않다. 조금이라도 밖에 나가서 놀아야 한다.

"스테프도! 스테프도 두 사람이랑 같이 놀러 갈래! 어머니, 괜찮지?"

"그럼, 괜찮으이. 단, 쿠온이나 아리스한테 피해를 주지는 말고. 그리고 날이 저물기 전에는 꼭 돌아오려무나."

"네~!"

아리스, 쿠온과 함께 스테프가 복도를 뛰어갔다. 성 아래로 놀러 가는 정도라면 별문제는 없겠지만…….

"코교쿠, 부탁해."

《네, 주인님.》

복도 창문의 창살에 앉아 있던 코교쿠가 하늘로 날아올랐다.

혹시 모르니까. 스테프랑 아이들이 무슨 사건에 말려들 가능성보다는, 무언가 사건을 일으킬 가능성도 없다고는 할 수 없다.

"과보호가 심하구먼."

"뭐라고 하든 상관없어."

스우는 아무래도 방임주의라고 할지, 딸을 자유롭게 풀어주는 성격 같았다. 자유롭게 행동하게 놔두지만, 엄격해야 할 때는 엄격한 그런 느낌이다.

스테프의 천진난만한 성격과 넘치는 호기심, 그리고 반사적인 행동력은 그런 스우의 육아 방침 덕분이라는 생각도 들었다.

마음속으로 그런 고찰을 하는데, 품에 넣어둔 스마트폰이 진동하며 전화가 왔음을 알렸다. 박사한테서인가.

"네, 여보세요? '방주(아크)'라도 발견했어?"

《그건 아직이야. 하지만 첨병은 걸려든 것 같아.》

첨병. 외눈 고렘인가?

《파나셰스 왕국 남방에 설치한 마커가 그림자를 포착했어. 똑바로 파나셰스를 향해 가는 중이야.》

"숫자는?"

《작은 것까지 포함하면 2000을 조금 넘는 정도인가. 반어인이나 팔 네 개짜리 고렘을 데리고 가는 거겠지. 거대 고렘은 20기 정도일까?》

20기인가. 그 정도라면 레긴레이브만으로도 어떻게든 대처가 가능하다. 외눈 고렘이 항구 마을에 상륙하기 전에 가서 막자.

《아, 레긴레이브라면 지금은 꺼낼 수 없어.》

"뭐?"

《전에도 말했잖아? '방주'에 대항하기 위해 수중에서도 완벽히 가동될 수 있도록 업그레이드 중이라고.》

윽. 물론 늦기 전에 성능을 개선해 둬야 한다고는 생각하지만 타이밍이 나쁜걸? 흑기사만으로도 막을 수야 있다고 보지만…….

《뭐하면 바르 아르부스를 보낼까?》

"아니. 바르 아르부스의 존재를 상대한테 알리고 싶진 않아. '방주'가 경계하면서 더 틀어박힐지도 모르잖아."

존재를 눈치채고 바르 아르부스에 대항할 만한 대책을 마련해서도 안 될 듯했다. 비장의 무기는 숨겨둬야 하는 법이다.

박사와의 연락을 마치고 서둘러 파나셰스 국왕 폐하에게 연락했다. 파나셰스에서도 병사를 보낸다고 해서, 우리는 파나셰스 성문 앞에서 모이기로 했다. 거기서 【게이트】를 만들어 병사들을 데리고 가자.

"토야. 나도 데리고 가게! 방어전이라면 오르트린데의 담당 아닌가!"

대화를 듣고 있던 스우가 그렇게 외쳤다. 실제로 오르트린데 오버로드는 방어전 무장형이라는 이름대로 지키는 데 특화되어 있다.

거대 고렘이 항구 마을에 진입하려고 할 때 배리어를 만들어 막을 수도 있고 말이지. 반어인은 파나셰스의 기사들에게 맡기기로 하자.

먼저 상황을 살피러 나 혼자서 가려고 했지만, 스우가 후방에서 마을을 철저히 방어한다면 그것도 나쁘지 않다. 무슨 일이 벌어질지 알 수 없는 일이니까.

나는 스우를 데리고 먼저 바빌론의 '격납고'로 이동했다.

어두운 바다 아래를 조용히 나아가는 한 무리가 있었다.

그 무리를 구성원은 반어인, 기계인형, 바위 거인, 그리고 눈이 하나인 고렘 키클롭스였다.

그리고 그 20기 정도의 키클롭스 중 하나는 메탈릭퍼플 색으로 빛나는 기체였다.

암금색(暗金色)인 다른 기체에 비해 조금 크고 선두에 서서 나아가는 모습을 통해 그것이 지휘관기라는 사실을 알 수 있었다.

탑승자는 보라색 창을 든 사신의 사도 중 한 명. 이름은 오키드였다.

오키드가 이끄는 다른 키클롭스에는 사신의 가호를 받은 고렘이 타고 있었다. 이 고렘들은 모두 오키드의 명령에 따르도록 설정되어 있었다.

여러 고렘을 따르게 하려고 군기병^{솔 다 토}을 활용하는 방법이 존재하는데, 사신의 사도 중 한 명인 스칼릿은 그 시스템을 응용해 더욱 많은 고렘을 이끌 수 있도록 만들었다.

그들을 이끌고 오키드는 목표인 파나셰스 왕국의 항구 마을 쾁을 향해 나아갔다.

목적은 마을의 괴멸. 그리고 동시에 사신의 저주를 흩뿌려 자신들의 수족이 될 인간을 확보하는 것.

이번 일은 오키드의 독단이지만, 다른 사신의 사도들은 모두 오키드의 행동을 묵인했다.

오키드는 항상 파괴 충동을 느끼고 있어, 가끔은 날뛰게 놔두지 않으면 '방주^{아 크}'를 파괴할지도 모르기 때문이다.

크든 작든, 사신의 사도는 모두 정신적인 문제를 안고 있다. 지나칠 정도의 탐구심, 지나칠 정도의 잔학성, 광신적인 신앙심…… 그러한 감정을 억눌러선 자신들의 존재를 부정하는 것이나 마찬가지였다.

오키드의 파괴 충동도 그러한 감정과 다를 바가 없었다. 오키드는 무언가를 파괴하고 죽이는 일에서 즐거움을 얻었다.

그 즐거움을 위해서 쿱이라는 항구 마을을 불바다로 만들고자 오키드는 키클롭스의 걸음을 재촉했다.

"자~아. 화려하게 한 방 먹이고 올까."

오키드가 탑승한 키클롭스가 해안에 상륙해 항구 마을을 확인하려고 하는데, 그 선창 앞에 익숙지 않은 뭔가가 서 있었다.

키클롭스보다도 10미터는 큰 황금 거대 고렘. 그 고렘이 자신을 향해 주먹을 휘두르고 있었다.

순간적으로 위기를 감지한 오키드는 키클롭스의 무릎을 굽혀 기체를 바닷속에 가라앉혔다.

《캐넌 너클 스파이럴!》

황금 거대 고렘. 오르트린데 오버로드의 오른팔이 팔꿈치 부근에서 분리되어 고속으로 회전하며 발사되었다.

그 오른팔은 바닷속에서 가장 먼저 나타난 보라색 기체를 향해 발사되었지만, 보라색 기체가 빠르게 바닷속으로 들어가, 그 대신 후방에 있던 다른 키클롭스에게 적중했다.

물보라를 일으키며 키클롭스가 침몰했다. 날아갔던 오른팔은 호를 그리며 다시 오르트린데 오버로드의 팔꿈치에 도킹되었다.

그와 동시에 바닷속으로 들어갔던 보라색 기체, 오키드의 키클롭스가 다시 일어섰다.

"저건…… 브륀힐드의 고렘 병사인가? 그 외에도 이상한 게 있군."

오키드는 콕핏의 모니터에 비친 선창 앞의 영상을 확대했다.

그곳에는 황금 거대 고렘 외에 검은 기체가 몇 기 정도 있었고, 푸른 사슴 같은 기체도 있었다.

이유는 모르겠지만 미리 대기하고 있었던 듯했다.

"뭐가 뭔지는 모르겠지만…… 좋은데? 응, 좋아. 재미있어졌어."

이런 상황인데도 오키드는 기쁜 표정을 지었다.

브륀힐드의 거대 고렘 병사. 그걸 부순다면 얼마나 즐거울까. 이건 진심으로 대결해야만 한다.

"'위스티리어', 네 차례다."

오키드가 그런 말을 하자, 메탈릭퍼플 색으로 빛나는 창이 키클롭스의 손안에 나타났다.

'사신기(邪神器)'는 사신의 저주가 응축된 신기(神器)다. 크기의 변화는 그 능력의 일부분에 지나지 않는다.

오키드가 탑승한 키클롭스는 불길한 창을 빙글 한 번 돌리고는 그 창끝을 정면을 향해 내밀었다.

《음, 보라색을 노렸는데 빗나갔구먼.》

오르트린데 오버로드에서 스우의 불만스러운 목소리가 들렸다.

나는 흑기사^{나이트 바론}에 올라탄 채 모니터에 비치는 메탈릭퍼플 색의 외눈 고렘을 주목했다.

저 캐넌 너클을 피하다니. 움직임이 제법 좋은데? 파일럿의 실력인가? 아니면 기체의 성능 덕분?

딱 한 기만 색이 다르니, 저건 지휘관 기체, 또는 특수 기체인지도 모른다.

메탈릭퍼플…… 귀찮아. 보라색 고렘이라고 하자. 보라색 고렘이 어디에선가 불길한 창을 꺼내 우리가 있는 곳을 향해 내밀었다. 저 창은 뭐지?

직감적이지만, 저 창에서는 불온한 분위기가 느껴졌다.

"저 보라색 기체는 제가 상대하겠습니다. 스우는 마을을 방어, 파나셰스 여러분은 나머지 외눈 고렘을 상대해 주십시오."

나는 나처럼 흑기사^{나이트 바론}에 탑승한 주변의 파나셰스 기사들에게 통신을 보냈다.

이번에는 50기의 흑기사^{나이트 바론}를 준비했다. 하지만 프라가라흐를 장비한 기체는 내가 탑승한 기체뿐이었다.

《맡겨둬라. 파나셰스의 힘을 보여 주마.》

푸른 사슴형 오버 기어, '디어 블라우'에 탑승한 호박 팬츠 왕자, 즉, 파나셰스의 로베르 왕자가 그렇게 대답했다.

선창에는 파나셰스의 기사들이 진을 치고 있다. 반어인과 팔 네 개짜리 고렘들이 마을에 침입하려는 시도는 그 기사들이 막을 것이다.

"좋아, 가자!"

이곳을 향해 오는 외눈 고렘들에게 맞추듯이 우리도 돌격을 시작했다.

나는 내가 탑승한 흑기사의 등에 장비한 네 개의 프라가라흐 중 두 개를 분리해 양손에 쥐었다.

선두에 있던 보라색 고렘이 나를 향해 보라색 창을 내뻗었다. 그 공격을 바로 직전에 피하며 곧장 상대를 베어 버리려고 했는데, 어느새인가 내뻗었던 창이 상대편 가까이로 돌아가 있는 모습을 보고 나는 공격을 중단했다.

다시 나를 향해 뻗어오는 창을 나는 옆으로 뛰어 피했다.

"빨라……."

창은 뻗는 것보다 다시 거두는 게 중요하다고 들었다. 재빨리 창을 거두면 다음 공격으로 연결하거나, 상대의 공격에 맞출 수 있기 때문이라고 한다. 이건 복싱이나 격투기에서도 비슷한 면이 있다고 하는데, 초보자인 나로서는 그 차이를 잘 이해할 수 없었다.

하지만 함부로 뛰어들어선 위험할지 모른다는 생각은 들었다.

반복해서 내뻗는 창을 피하고, 검으로 뿌리쳤다. 지상이라면 몰라도 무릎까지 바닷물이 차 있는 장소에서 창을 계속 피하기는 생각보다 힘들었다.

《호오, 제법인데? 나의 '위스티리어'를 이렇게 많이 피한 사람은 네가 처음이다.》

가벼운 웃음소리와 함께 눈앞의 보라색 고렘에서 목소리가 들려왔다. 아직 젊은 남자의 목소리였다.

인간이 타고 있는 건가? 아니, 사신의 사도가 타고 있는 건가?

나는 흑기사의 외부 스피커를 켰다.

"너도 사신의 사도인가?"

《일단은 그렇지. 그런 거야 뭐 어때. 아무 상관도 없잖아? 얼른 싸우기나 해.》

보라색 고렘이 연속적으로 창을 내뻗었다. 마치 여러 개의 창이 뻗어 나오는 듯이 보였다.

나는 일단 거리를 벌리려고 뒤로 물러섰다.

《하하! 누가 놓칠 줄 알고?! 꿰뚫어라, '위스티리어'!》

보라색 창의 창끝에서 번개가 뻗어 나왔다. 아니?! 바다에서 뇌격은 위험하지!

"【어브소브】!"

흡수 마법 어브소브로 전격을 마력으로 환원해 흡수했다. 창에서 튀어나온 번개가 공중에서 사라졌다.

위험했어. 저런 전격을 맞았다간 주변에도 피해가 발생한다.

이건 얼른 제압해 둬야겠는걸?

"【프라가라흐^{비 조 검}】!"

흑기사^{나이트 바론}의 등에 있던 나머지 두 자루의 검이 분리되어 둥실 공중에 떠올랐다.

그와 동시에 한 손에 장비했던 검을 놓아 마찬가지로 공중에 대기시켜 놓았다.

"가라!"

세 자루의 검이 미사일처럼 보라색 고렘을 향해 날아갔다. 보라색 고렘이 날아오는 검을 창으로 쳐냈지만, 자유롭게 움직이며 변환하는 검 세 자루를 동시에 쳐내지 못해 하나의 검이 어깨에 꽂혔다.

보라색 고렘의 움직임이 잠시 멈췄다. 나는 그 순간을 놓치지 않고 거리를 좁힌 뒤, 손에 든 검을 휘둘러 보라색 고렘의 옆구리를 깊숙이 찔렀다.

보라색 고렘이 완전히 정지했다. 해치운 건가?

《에휴, 겨우 재미있어졌는데 쓸모가 없잖아, 이 자식. 스칼릿한테 반응이 더 좋은 물건을 만들어 달라고 해야겠어.》

털컹, 하고 보라색 고렘의 가슴 부분의 해치가 열리더니 사람 한 명이 모습을 드러냈다.

회색 머리카락, 얼굴의 아래 절반을 뒤덮은 철 마스크. 그리고 군데군데 찢어진 짙은 자줏빛 망토. 나이는 나보다 조금 많이 보였다. 저 사람이 사신의 사도인가?

"나는 오키드. 그리고 이건 '위스티리어'."

어느새 보라색 고렘의 손에서 창은 사라지고 없었고, 대신 같은 형태의 창이 오키드라고 이름을 밝힌 사신의 사도 손안에 생성되어 있었다. 저 창은 대체 뭐지?

"고렘으로 싸워도 좋지만, 아래에 내려와 맨몸으로 싸우면 어때? 그게 더 재미있잖아……."

"안됐지만, 그건 허락할 수 없습니다."

보라색 고렘의 열린 가슴 부분의 해치 위에서 어느새 물웅덩이 같은 모양이 확대되더니, 잠수복에 잠수 헬멧을 쓴 듯한 남자가 그 위로 부상했다.

어? 간디리스에서 기간테스와 싸웠을 때 봤었던 그 자식이잖아. 기간테스의 부품을 혼란을 틈타 훔쳐 간 사신의 사도.

"인디고, 뭐야?! 방해하지 마."

"방해할 겁니다. 주변을 보세요."

"앙?"

인디고라고 불린 잠수복 차림의 남자가 한 말을 듣고 나도 서브 모니터를 확인해 보니, 절반 정도의 외눈 고렘이 파나세스 왕국의 기사가 탑승한 흑기사에게 당해 쓰러져 있었다.

두 배 이상의 숫자로 상대한 데다, 로베르 왕자의 디어 블라우도 있으니까. 단순히 숫자의 차이 덕분이다.

"키클롭스가 이렇게 많이 당해서는 더는 싸울 의미가 없습니다. 철수하겠습니다."

키클롭스. 그게 외눈 고렘의 이름인가.

"쳇. 어쩔 수 없네~. 조금이나마 즐겁게 싸웠으니 그냥 넘어갈까. 누군진 몰라도 다음에 만나면 복수하……."

나를 향해 창을 확 뻗었던 오키드가 말을 하는 도중에 인디고와 함께 발밑의 물웅덩이에 풍덩하고 떨어져 사라졌다.

기간테스 때와 똑같은 전이 마법인가? 큭. 역시 저 인디고라고 하는 잠수 헬멧을 쓴 사람의 전이 마법을 막지 않아선 계속 도망을 허용해 다람쥐 쳇바퀴 같은 상황이 벌어지겠어.

마법을 지우는 결계를 펼치거나, 전이하기 전에 먼저 저 자식을 해치우거나…….

내가 고민하는 사이에 남은 외눈 고렘…… 키클롭스를 모두 해치운 듯했다.

일단 마을은 지켰고 상대의 기체도 입수했으니 나쁜 결과는 아니다.

지금은 그 정도로 만족하는 수밖에 없나.

"흠, 제법 노력한 모양이지만, 나의 프레임 기어에 비하면 한참 모자라네."

회수한 외눈 고렘의 잔해를 조사한 박사가 그렇게 큰소리를 쳤다.

　우리의 피해는 제로이고 상대는 전멸이니 꼭 틀린 말은 아니라고 생각한다.

　피해는 제로가 아닌가. 싸운 중기사 중에는 어느 정도 파손된 기체도 있었다.

　그걸 고려해도 우리의 압승이라는 사실에는 변함이 없겠지만.

　"상대는 이걸 '키클롭스'라고 불렀어."

　"키클롭스? 아, 사이클롭스를 말하나. 고대 마법 왕국 시대는 사이클롭스를 그렇게 불렀거든. 참 정직하기 짝이 없는 네이밍 센스군."

　엄청 깎아내리네. 프레임 기어도 그다지 센스가 좋다고는 하기 힘들거든?

　"그렇지만 꽤 도전적인 작품이긴 하군. 보게. 여기 관절 부분의 각인 마법도 나름 괜찮잖나. 이게 있고 없고에 따라서는 움직임이 1.2배 정도 달라지지."

　"방수, 내수성도 철저해. 설마 슬라임의 피막을 이렇게 쓰리라고는 생각 못 했어. 이렇게 하면 수중에서도 어느 정도는 움직임이 가능할 거야."

　마찬가지로 키클롭스의 잔해를 조사하던 교수와 에르카 기사의 말을 듣고 박사가 '그래, 그건 인정해' 하고 재미없다는 듯이 중얼거렸다.

아, 그러고 보니 물어봐 두고 싶었던 게 있었어.

"전이 마법을 막는…… 발동하지 못하게 만드는 방법은 없을까?"

"전이 마법을? 결계를 펼치면 되지 않아?"

"그건 전이해서 오는 사람을 오지 못하게 막는 거잖아? 그게 아니라 도망치지 못하게 하고 싶어서……."

"아, 전에 말한 사신의 사도 말인가? 으~음. 나름 신의 사도를 자처하는 자들이니, 평범한 전이 마법이라고 생각하면 위험하지 않을까? 토야의【게이트】도 마음만 먹으면 결계를 빠져나갈 수 있지?"

그야 뭐 그렇지만. 신기(神氣)를 사용하며 그 정도야. 그에 더해【이공간 전이】를 사용하면 가지 못하는 곳 자체가 없어.

"선수 필승이라고 하니, 사용하기 전에 제압할 수밖에 없지 않나 하는데?"

"음……. 1~2초면 도망가 버릴 듯하니, 어려워 보이는데……."

즉사가 아니면 전이해서 도망가리라 생각된다. 역시 성가시네.

발신기 같은 물건을 달아도 '방주(아크)'로 도망가 버리면 추적할 수 없을 테고.

"그 자식의 영상은 토야가 탔던 흑기사(나이트 바론)에 남아 있으니, 나중에 현지도 포함해 그건 조사해 놓을게. 뭔가 알아낼 수 있을지도 모르지."

"귀찮을지도 모르지만 잘 부탁할게."

뭔가 전이한 흔적이라도 발견할 수 있다면 좋을 텐데.

이건 박사에게 맡겨두고, 나는 또 하나의 조언을 얻을 수 있으리라 생각되는 곳으로 이동했다.

"전이 마법을 막고 싶어? 신기를 사용한【프리즌】을 사용한다면 막을 수 있지 않을까 생각하는데……."

성의 테라스에서 모로하 누나와 다과회를 열고 있던 카렌 누나에게 질문해 보니 그런 대답이 돌아왔다.

"그런 방법은 저도 생각해 봤는데요, 상대도 사신의 신기를 두르고 있다면【프리즌】을 뚫을 수 있지 않나요?"

"신을 사칭하는 존재를 따르는 사도와 최고신인 세계신님의 권속인 토야가 가진 신기의 질은 차원이 달라."

"사마귀가 오레이칼코스 방패에 맞서는 수준이지."

모로하 누나도 웃으면서 카렌 누나의 말을 긍정했다. 사마귀가 분수도 모르고 앞발을 쳐든다는 그 당랑지부(蟷螂之斧)나 마찬가지란 건가.

"하지만 지상 사람을 상대로 신기를 써서 공격하면 신계의 규칙을 깨는 일이야. 이제 토야도 완벽히 신(神)의 동료가 됐으니, 직접 신의 힘을 사용하면 안 돼."

아뿔싸, 그런 규칙이 있었지. 신기로 강화하지 않은 【프리즌】은 그자들이 부술 수 있다.

상대는 신기(사신)를 사용할 수 있고, 나는 사용할 수 없다니 불공평하지 않나?

신호를 무시하고 폭주하는 차를 단속하는 경찰차가 신호를 철저히 지키느라 폭주하는 차를 전혀 붙잡을 수가 없는, 그런 심경이었다. 실제 경찰차처럼 긴급할 때는 규칙을 어겨도 괜찮다고 해 주면 안 되려나?

"어? 그런데 전 몇 번인가 신기를 이용한 【서치】도 사용했는데요……."

"정확하게는 '신의 힘을 사용해 지상에 큰 영향을 주는 일'이 금지된 거니까. 그 범위에 속하지 않는다면 관대하게 봐주고 있어. 하지만 '사신의 사도'를 해치우는 일은 적지 않은 영향을 주니 직접 신기를 쓰면 저촉되지 않을까?"

그렇다면 사신의 사도는 신의 힘 없이 상대해야 한다는 거야? 못 할 건 없겠지만…… 힘으로 밀어붙일 수 없다니 좀 뼈아픈걸?

"아슬아슬할 때까지 제가 신기 공격으로 몰아붙인 다음, 다른 사람이 결정타를 날리는 건 어떤가요?"

"한두 방이라면 넘어갈 수도 있겠지만, 그렇게까지 하면 토야의 공적이 되지 않을까?"

그렇겠지? 애들 싸움에 부모님이 나와서 상대를 흠씬 때려 놓고 마지막 한 방만 자기 아이한테 맡기는 것과 다를 바 없나. 그래 놓고 '우리 애가 해치웠습니다!' 라고 해 봐야 아무도 그걸 인정해 주지 않는다.

"그래도 비법이 없지는 않지만……."

"비법? 좋은 방법이 있다면 말해 줘요."

조금 생각하는 듯하더니 카렌 누나가 말했다.

"신의 기(氣)가 담긴 '전이 마법을 봉쇄하는' 신기(神器)를 지상의 누군가가 사용하게 만들면 돼."

"전이 마법을 봉쇄하는 신기? 그런 게 있어요?"

"그 비슷한 물건이 신계의 보물고에 있었을걸? 그렇지만 이 방법은 좀 어려워. 여러 조건이 필요하거든."

팔짱을 끼고 고개를 갸웃하면서 모로하 누나도 카렌 누나의 말에 동의했다.

여러 조건? 보물고에 들어 있다면 쉽게 빌려주지야 않겠지만.

"아니, 물건에 따라서는 빌려줄 거야. 신계의 보물고란, 지금까지 유구한 세월 동안 신들이 심혈을 기울여 만든 물건부터 적당히 반쯤 장난으로 만들다가 질려 버린 물건까지 마구 뒤섞여 들어가 있거든. 워낙에 숫자가 많다 보니, 일단 찾으

려면 시간이 걸려. 관리자는 세계신님이지만, 정리정돈이 되어 있지는 않으니까……."

"시간이 걸려요? 얼마나요?"

"천 년 단위는 걸리지 않을까?"

"천……?!"

찾는 데만도 천 년?! 그런 걸 어떻게 찾아?! 대체 몇 개나 있길래?!

"말이 보물고지, 솔직히 말하면 안 쓰는 물건을 놓아두는 창고나 마찬가지야. 이제 안 쓰니까 넣어두자고 해서 넣어두는 거지. 정말로 소중한 물건이라면 자기가 가지고 있어."

신들도 나의 【스토리지】처럼 자신의 소지품을 다른 차원에 수납해 놓을 수 있으니까……. 보통은 그렇게 보관하겠지.

그런데 좀 곤란하네. 그렇게 오랜 시간을 소비할 여유는 없는데. 아, 【서치】로 찾으면 간단히 찾을 수 있지 않을까?

"보물고 자체가 신기를 봉인하기 위한 창고니까. 탐색 마법은 튕겨낼 거야."

"이봐요, 에휴 참."

그야 그런가. 신계, 천계라면 몰라도 지상에서는 위험물 수준인 물건일 테니까. 필요 없는 물건이라고는 하지만 엄중하게 보관해 뒀겠지.

"역시 먼저 공격해 제압하는 수밖에 없나……."

"꼭 그렇지도 않아. 신기가 없다면 만들면 되니까."

엥? 이 무슨 마리 앙투아네트 같은 소릴 하시는 걸까, 이 누님은.

아니, '빵이 없다면……' 같은 소리는 마리 앙투아네트 자신이 한 말이 아니라고는 하지만.

"토야도 신의 일원으로 인정받고 있으니, 직접 신기를 만들어도 아무 문제 없어. 물론 그걸 직접 써서 사신의 사도를 해치우면 안 되지만."

"그리고 만들었다면 책임을 지고 관리해야 해. 지상에 내던져 놓고 관리를 안 하면 새로운 사신이 태어날 수도 있잖아?"

"신기를 만들어요?! 제가?"

어? 그래도 돼? 그게 된다면 도움이 되겠지만.

"무슨 소리야. 토야는 【신기창조】를 사용해 사신을 해치웠잖아."

"아! 그러고 보니……!"

"다만 그건 그 자리에서만…… 말하자면 일종의 급조한 일회용 신기니까. 도저히 인간은 쓸 수도 없는 물건이고. 만든다면 인간도 사용할 수 있을 만한 일반적인 신기를 만들어야 해."

일반적인 신기라……. 말이 쉽지 신기를 만드는 방법도 잘 모르겠다. 사신하고 싸울 때는 워낙 정신이 없었으니…….

"쓸 만한 신기를 만들고 싶다면 직접 배워야겠지. 아쉽게도 나랑 카렌 언니는 그런 생산과 관련된 신이 아니라서 가르쳐 줄 수는 없지만."

생산과 관련된 신? 그럼 농경신인 코스케 삼촌은 어떨까? 설마 술의 신인 스이카는 아니겠지?

"말을 좀 잘못했네. 생산과 관련된 신이라기보다는 제조와 관련된 신이라고 해야 더 정확할까?"

제조……? 뭔가를 만드는 신이라는 건가? 그런데 아는 신 중에 그런 사람이 있었던가? 세계신님한테 부탁할까?

"있잖아. 결혼식 때 지상에 내려온 신들 중에 딱 적당한 사람이."

"……어~. 앗, 공예신?!"

"딩동댕."

이 세계는 신들의 휴양지로 사용하기로 결정되었다. 그 선발대로 10명의 신이 먼저 지상에 내려와 있었다.

무도신, 강력신, 공예신, 안경신, 연극신, 인형신, 방랑신, 꽃신, 보석신, 그리고 시공신인 토키에 할머니를 더해 열 명이다.

공예신이라면 분명…… 40대 정도로 백발이 섞인 머리카락을 뒤로 묶었고, 콧수염을 기른 남자 신이었지?

승려복 같은 일본식 옷을 입어서 딱 봐도 장인 같은 느낌이 드는 신이었다.

"안경신이나 인형신에게도 배울 수야 있겠지만, 그 두 사람은 워낙 독특하다 보니……."

카렌 누나가 먼 산을 보면서 말했다. 그건 그렇다. 안경신은 안경에 예사롭지 않은 정열을 보였고, 복화술로 말하는 인형 신은 좀 무서웠다. 가능하면 공예신에게 부탁하고 싶다.

"공예신에게 배우면 저도 신기를 만들 수 있나요?"

"그래도 이삼일 만에 배울 수야 없겠지만, 보물고를 뒤지는 시간보다야 빠르지 않을까?"

1000년은 걸리지 않지만 999년은 걸린다는 그런 얘긴 아니 겠죠……?

어? 그냥 공예신한테 전이 저해 신기를 만들어 달라고 하면 그만 아닌가?

"그러면 그 신기의 관리 책임은 공예신이 져야 하잖아. 역시 그 신기의 최종 책임까지 떠넘겨선 안 되지 않을까?"

"어차피 사용이 끝난 다음엔 신계의 보물고에 던져 놓으면 문제없을 테지만, 기껏 신기 만드는 법을 배울 기회니까 배워 둬도 손해 볼 일은 없지 않아?"

누나들의 말이 맞다. 거리낌 없이 '얼른 만들어 주세요. 나 중에 관리도 잘 부탁해요!' 라고 해선 너무 무책임하다.

확실하게 양도하면 신기의 책임자도 바꿀 수 있다지만, 아 무래도 개인적인 이유로 필요한 신기이니 직접 만들어야 한 다고 생각을 고쳐먹었다.

"신기 만드는 법을 배우고 싶긴 한데, 공예신은 어디에 있을 까요?"

"어? 그거야말로 평범하게 【서치】로 찾으면 되지 않아?"

"아, 그렇구나……."

그건 그렇다. 한 번 만난 적이 있으니 평범하게 【서치】로 찾을 수 있었다. 바보 같은 질문을 하다니.

어이없다는 듯이 바라보는 카렌 누나의 시선을 피하면서, 나는 지도에서 공예신을 찾았다.

"어디 보자……. 어? 미스미드 왕국의 왕도에 있잖아. 꽤 가까운 곳에 있었네?"

지도를 확인해 보니, 미스미드 왕국의 왕도 베르주에 공예신이 있다는 결과가 나왔다. 중심부에서 떨어져 있긴 했지만 틀림없이 왕도였다.

"그야 미스미드는 질 좋은 흙과 광석, 목재도 쉽게 입수할 수 있으니까. 공예신에게는 자리를 잡기 쉬운 장소 아니었을까?"

그렇구나. 목재는 특히 대수해가 가까우니까. 질 좋은 목재를 쉽게 입수할 수 있을지도 모른다.

하여간, 살았다. 여기라면 【게이트】를 이용해 쉽게 갈 수 있다. 얼른 만나러 가 볼까.

"그럼 나동 따라서 가 줄겡!"

"허억?! 갑자기 나타나지 마!"

갑자기 옆에서 나타난 스이카를 보고 나는 깜짝 놀라고 말았다. 놀라게 하지 마! 신출귀몰은 이제 정말 충분히 당했으니까!

"목적이 뭐야?"

"미스미드의 술을 쪼옴 마셔 보고 싶어서……. 그리고 공예신이 만든 술병이랑 술잔?"

술병이랑 술잔? 그런 물건까지 만들어? 도자기나 칠기도 공예의 한 종류이니 만든다고 해도 이상하진 않은가?

뭐가 됐든 물건 만드는 데는 도가 튼 신이라는 사실은 확실하다. 다만, 내 빈곤한 상상력으로는 도예가처럼 '이딴 물건은 필요 없어!'라고 말하면서 실패한 도자기를 땅에 내던져 깨는 까다로운 인물밖에 안 떠올랐지만……

"하여간 만나러 가 볼까."

나는 미스미드 왕국의 왕도 베르주로 이어지는【게이트】를 열었다.

눈에 띄지 않도록 뒷골목으로 연결한【게이트】를 지나서 걸어 나오니 강한 햇살이 우리를 덮쳤다.

"여전히 덥구나……"

미스미드는 브륀힐드보다 기온이 높다. 단, 덥긴 더워도 일본처럼 습한 더위가 아니라 건조한 더위라 그나마 지내기 편하다 할 수 있었다.

타지마할과 비슷한 왕성을 슬쩍 보면서 우리는 혼잡한 길을 걸었다.

수인들의 나라인 만큼 다양한 종의 수인이 길을 오가고 있었다. 내년에는 미스미드에도 마도 열차가 지나니, 이곳도 지금보다 더 떠들썩해지리라.

"일단은 주점부터~."

"잠깐만. 왜 주점부터인데?"

껑충껑충 뛰듯이 걷기 시작한 스이카에게 내가 딴지를 걸었다. 주점보다 먼저 공예신한테 가야지.

스이카는 나를 돌아보더니, 하아~ 하고 못 말린다는 듯이 한숨을 내쉬었다. 왠지 짜증이 확 밀려오네…….

"토야 오빠는 뭘 모른다니까. 선물 하나도 안 들고 갑자기 찾아가 '가르쳐 주세요.' 라고 말하면 과연 가르쳐 줄까?"

윽. 스이카답지 않게 멀쩡한 소리를…….

실제로 가르침을 구하러 가는데 빈손으로 가면 실례인지도 모른다. 선물용 과자 상자 하나라도 준비해야 했나.

"그러니까! 미스미드의 특산술과 토야 오빠의 【스토리지】에 잠들어 있는 지구의 술을 선물로 가져가자. 공예신도 술을 좋아하니 틀림없이 기뻐하며 가르쳐 줄걸~?"

사실은 네가 마시고 싶을 뿐이잖아? 【스토리지】 안에 있는 할아버지의 비장의 술은 무한하지 않아. 한 병 정도야 괜찮을지도 모르지만…….

그렇지만 스이카의 말대로 술을 좋아한다면 이 의견을 따르는 게 좋다.

썩어도 술의 신. 좋은 술을 찾아내는 감 하나만큼은 그야말로 신들렸으니까. 그렇다기보다는 그것 외엔 장점이 없으니 여기서는 스이카의 도움을 받기로 하자.

"왠지 내가 무시당한 기분이 드는데."

"착각이겠지."

감이 날카로운 스이카를 무시한 채, 마침 근처에 있던 큰 주점 안으로 들어갔다.

역시 왕도라 그런지 다양한 술이 판매되고 있었다.

와아, 종족에 따라서 만드는 술도 많이 다르구나. 곰 수인의 벌꿀주……. 이거 괜찮지 않을까?

"안 돼, 안 돼. 공예신은 쌉쌀한 술을 좋아하니까 다른 걸 골라. 여긴 나한테 맡겨 둬. 토야 오빠는 돈만 내면 그만인 것이야."

스이카는 그런 말을 남기고는 주점 안의 상품을 체크하러 가 버렸다.

지갑 취급을 받은 일은 좀 그렇지만, 실제로 나는 좋은 술을 구별하는 능력이 없으니, 그 말대로 따르는 수밖에 없다. 결혼은 했지만 아직 미성년자니까.

이쪽 세계에서는 이미 성인이니 마셔도 상관없을지 모르지만, 한 번 결정한 이상 스무 살이 될 때까지는 마시지 않을 작정이다.

사실은 몇 번인가 이미 마셨지만……. 아내들도 마실 때는 마시고.

결국 스이카는 몇 병이나 술병을 카운터에 늘어놨고, 나는 대금을 지불했다.

그런데 절반 이상이 선물용이 아니라, 스이카의 저녁 술용이잖아?! 안 되니 뭐니 했으면서 벌꿀주까지 사다니.

"감사합니다~!"

주점 점주의 인사를 들으면서 우리는 밖으로 나갔다.

"자, 이제 공예신한테⋯⋯⋯."

"안주도 사야지!"

"야."

나는 술의 동반자까지 사려는 스이카를 말렸다. 술안주가 될 만한 음식이라면 【스토리지】 안에 가득하니까 안 사도 돼.

나는 떨떠름한 기색을 보이는 스이카를 질질 끌며 왕도 외곽에 있는 단독주택을 향해 갔다.

그 집은 조금 고지대에 지어진 그 1층짜리 단독주택으로, 옆에는 커다란 나무가 서 있었다.

그 집 현관 앞의 나무로 만들어진 벤치에는 남성 한 명이 앉아 나이프로 보이는 물건을 이용해 목재를 깎아내고 있었다.

"왔나."

"공예신, 오랜만인걸?"

고개를 든 공예신은 스이카의 얼굴을 보더니 훗, 하고 웃었다.

아무래도 우리가 올 줄 알고 있었나 보다. 【서치】를 감지한 건가?

"오랜만입니다, 공예신님."

"여기서는 크래프트란 이름으로 살아가고 있지. 크래프트라 불러라. 신입 신."

"그럼 저도 토야라 불러 주세요."

"좋다, 토야."

인사를 나누는 중에도 공예신은 나이프를 다루는 손을 쉬지 않았다. 조금 전까지 대략적인 형태였던 그 목재는 순식간에 연어를 입에 문 곰의 모습으로 바뀌었다.

앗, 이건 할아버지 댁에 있었던 거야.

"그건 뭔가요?"

"그냥 심심풀이야. 나름 돈이 되더군."

곰 나무 조각품을 나에게 휙 던지는 공예신…… 아니, 크래프트 씨.

굉장히 사실적이야……. 그리고 나이프 하나로 마무리했는데 표면이 아주 매끄러워. 어떻게 깎으면 이렇게 될 수 있지? 뻔히 보고 있었는데도 전혀 알 수가 없었다.

"자, 들어와라. 나한테 볼일이 있어서 왔지?"

들어오라는 권유를 받아 들어간 크래프트 씨의 집 안은 잡다한 물건으로 넘쳐났다. 도예에 사용하는 것으로 보이는 녹로, 조각 등에 사용하는 조각칼, 유리공예에 사용하는 바람 부는 막대기 등, 모두 공예품과 관련된 도구뿐이었다. 베틀까지 있다. 대체 얼마나 폭넓게 만들고 있길래 이러는지.

우리는 선물로 사 온 술을 테이블에 늘어놓으면서 현재 상황을 설명했다.

"오호라, 신기라. 가르쳐 달라는 부탁은 흔쾌히 받아들일 생각이야. 자네는 세계신님의 권속이기도 하니, 요령만 알면 금방 만들 수 있겠지. 물론 금방이라곤 해도 두세 달은 걸리겠지만."

오오. 아무래도 가르쳐 줄 생각인가 보다. 두세 달이라. 꽤 걸리는 편이네.

"보통 하급신은 신입이 1년 차부터 신기를 만들려고 하면 백 년은 걸려. 그에 비하면 파격적인 기간이야."

백⋯⋯! 그건 역시 좀 차이가 심하다.

나는 위치로 따지면 신입 신이라 지위가 낮긴 하지만 세계신님의 권속인 덕분에 상급신과 거의 다름없는 신격을 지녔다는 모양이다.

신기 만들기도 그 위치가 크게 좌우하는 듯, 습득 시간 단축에 도움이 된다고 한다. 왠지 치사한 짓을 하고 있는 기분도 들지만, 이번에는 그 위치의 도움을 받도록 하자.

"단, 만들 수는 있어도 당연하지만 자네의 힘을 뛰어넘는 신기는 만들 수 없어. 자네가 사용하지 못하는 힘을 신기에 부여할 수는 없다는 말이지. 어디까지나 신기란 신의 힘을 인간도 사용할 수 있게 만드는 도구니까."

음. '사신의 사도를 찾을 수 있는 신기'를 만들 수 있다면 일이 편해져 좋겠다고 생각했는데, 아무래도 그건 어려운가 보다. 만든다 해도 나랑 똑같이 탐사 범위가 좁은 물건이 만들어질 뿐이겠지. 양산하면 도움이 될지도 모르지만, 몇 년이 걸릴지 모른다.

"그것도 포함해 설명하마."

"잘 부탁드립니다."

크래프트 씨는 우리가 사 온 술의 뚜껑을 열더니, 자신이 직접 만든 물건으로 보이는 잔에 천천히 술을 따랐다. 그 옆에서 쑥, 하고 스이카가 들고 있던 잔을 내밀었고, 그곳에도 술이 채워졌다. 얘는 정말…… 단지 술을 마시러 왔을 뿐이구나?

"신기(神器)를 만들겠다면 먼저 그릇(器)을 정해야 한다."

"'그릇'?"

"신의 힘을 깃들게 할 무언가지. 검이거나, 항아리거나, 반지거나. 그러한 '그릇'이 필요하다."

오호라. 신의 힘을 주입할 도구 말이구나.

"어떤 힘을 담는가에 따라 그에 걸맞은 그릇을 선택해야 하지. 이를테면 '상상을 초월할 만큼 날카로운' '검'이라면 잘 어울리겠지만, '상상을 초월할 만큼 날카로운' '곰 나무 조각품'이라면 말이 안 되잖아?"

"말이 안 되죠."

'아주 날카로운 곰 나무 조각품'이 뭐야? 손에 들면 손이 쓱 베이는 물건인가?

"'결계를 펼치는' '곰 나무 조각품'이라면 괜찮나요?"

"그렇겠지. 그거라면 그나마 그림을 떠올릴 수 있으니까. 그러니 자네는 '전이 마법을 방지' 하는 데 어울리는 '그릇' 을 선택해야 해. '전이 마법을 방지' 하는 '곰 나무 조각품' 도 괜찮지만, 이건 최적의 선택이라고는 볼 수 없잖아?"

그야, 곰 나무 조각품일 필요는 없으니까. 다른 장식물이라도 가능하다면 가능하다. 나도 곰 나무 조각품보다는, 이를테면 여신상이 더 어울린다고 생각한다.

"또 부여하는 효과가 '전이 마법 방지' 라도 괜찮을지 검토해야겠지. 상대가 사용하는 것이 전이 마법인지 아닌지도 알 수 없잖아? 모처럼 만들었는데 상대한테 통하지 않는다면 쓸데없는 신기를 만든 셈이 되고 말아."

그건 그렇다. 박사도 말했지만, 그건 전이 마법과 비슷한 사신의 힘 일부 같기도 하다.

역시 신의 기로 강화한 【프리즌】을 사용해 상대를 가두는 물건이 좋을까?

내가 그 신기를 사용하는 게 아니니까. 여러모로 생각해 봐야겠어.

　이곳 '공방' 의 한쪽 구석에는 다양한 기계 종류나 내가 보기엔 잡동사니로밖에 안 보이는 물건이 쌓여 있는 공간이 있었다.

　간단히 설명하면, 그곳은 쿤에게 점령당한 공간이었다.

　쿤이 자신이 마공 작업을 하기 위해 극히 개인적인 장소가 필요하다고 졸라서, 그 기세와 애원을 이기지 못한 내가 사용해도 좋다고 허용한 공간이었다.

　'공방' 은 마공학을 연구하기에 너무 편리해서 탈인 시설이었다.

　온갖 공구 작업, 보조, 복제 등을 자유롭게 할 수 있는 만능 공장이니까 당연히 편리할 수밖에 없지만, '공방' 에도 문제는 있었다.

　그것은 '마스터' 와 '관리인' 외에는 사용할 수 없다는 것이었다. 즉, 나와 로제타 외에는 사용할 수 없다.

　당연하지만 아무리 딸이라곤 해도 쿤은 사용할 수 없다.

　나는 그 문제를 쿤의 전용 공간에 네모난 작은 조립식 집, 프리패브 주택을 지어 해결했다.

그곳은 일명 '미니 공방'. '공방'에 만든 작은 '공방'이었다.

그 외에도 이 '미니 공방'은 바빌론의 여러 곳에 존재했다. 이를테면 유미나와 아내들의 전용기의 탄환 공방이나, 각국의 높은 사람들에게 건네줄 양산형 스마트폰 등을 만드는 공방 등 이다. 말하자면 전용 양산 소형 공장이라 할 수 있었다.

그리고 당연하게도 이 '미니 공방'도 쿤이 졸라서 만들어 준 건데, 그건 상관없다. 딸에게 부담이 되는 작업이 줄어든다면 얼마든지 사용해도 좋다.

단지, 작업에 너무 열중해 이곳에 틀어박혀 있거나, 밥도 안 먹고 잠도 안 자고 그러면 역시 아버지로서 그냥 두고 볼 수는 없다.

"변명할 말 있어?"

"아니요, 없습니다…….."

폭포처럼 식은땀을 뻘뻘 흘리며 우리 눈앞에 무릎을 꿇고 앉은 쿤. 그리고 그 모습을 팔짱을 낀 채 흘겨보는 어머니 린.

나? 린 뒤에서 똑같이 팔짱을 끼고 '화났어' 자세를 무너뜨리지 않으려고 노력 중이다.

"취미에 몰두해선 안 된다는 말이 아니야. 너무 몰두해서 건강이 나빠지면, 주변 사람들한테도 피해가 가잖아? 자제할 땐 자제하고, 적절히 끊을 줄 알아야 한다는 말이야."

"'도서관'에서 며칠이나 쉬지 않고 마도서를 읽다가 쓰러질 뻔한 경험이 있는 사람의 말은 무게가 다르군요."

"외부인은 입 다물고 있어!"

린이 얼굴을 새빨갛게 물들이며 중간에 끼어든 로제타에게 소리쳤다. 로제타가 휘파람을 불며 물러났다.

쓸데없는 소리는 하지 마. 부모가 아이에게 설교하는 중이니까. 일단은.

린이 '미니 공방'에서 삐져나온 물체를 올려다보았다.

"식음을 전폐하고 만든 물건이 이거니?"

"네! 사피아해의 해저에서 주운 비공선을 수리해서 소형화했어요! 동력로에서 마력 노(oar)로 이어지는 에테르 라인을 간소화해 작은 마력으로 큰 출력을 낼 수 있게 개량도 했고요! 또 플로팅 프로펠러를 이용한 부유 추진 방식을 제거하고 반중력 유닛에 의한 딘드라이브를……."

"반성의 기색이 안 보이네."

"윽……."

린이 찌릿 노려보자, 즐겁게 이야기를 하던 쿤이 몸을 움츠렸다.

다시 린의 설교가 시작되었고, 나는 그 말을 뒤에서 아무 말 없이 흘려들었다. 보통 이럴 때 아버지는 참견하지 않는 게 상책이다. 우리 아빠도 비슷한 상황에서는 마찬가지였겠지. 그 결과 아버지의 위엄은 점차 닳아서 작아져 갈 뿐이지만…….

"처음부터 이런 물건을 이 아이한테 선물하면 이렇게 되는 거야 불을 보듯 뻔한데, 당신도 대체 무슨 생각이야?"

"에엑?!"

이크?! 방심했는데 나한테까지 불똥이 튀었다!

"아니, 박사가 쿤한테 양보한다고 하길래……."

"나는 이걸 줬다고 뭐라 하는 게 아니야. 뻔히 이럴 줄 예상이 됐으니, 이 아이한테 더 단단히 일러둬야 했던 게 아니냐는 말이야."

"난 단단히 일러뒀는데? 시간을 정해 놓고 하라고……."

"결국 그 말을 안 들었잖아. 당신, 만들어 주고는 그대로 방치했지? 너무 물러 탈이야. 이 아이는 그걸 이용해서 자기 마음대로 행동한 거겠지만."

쿤을 슬쩍 보니 어색한 미소를 지으며 휙 시선을 피했다. 아무래도 정곡을 찔린 모양이었다.

음~. 린 말대로 이런 공간을 제공했다면 잘 관리를 했어야 했나. 린한테 물러 터졌다는 말을 들어도 할 말이 없다.

나는 항복이라는 듯이 양손을 들어 올렸다.

"좋아. 쿤에게 벌을 주는 의미로, 이 비공정은 내가 한동안 맡아둘게. 그러면 될까?"

"그럴 수가! 이제 조금만 더 하면 완성인데!"

쿤이 눈물을 글썽이며 다가오니 내 마음도 휘청거리며 흔들렸다. 하지만 아내(린)의 '그러면 안 되는 거 알지?' 하는 듯한 시선을 받고 있어 나는 쿤의 부탁을 들어줄 수 없었다. 무력한 아버지를 용서해 줘…….

"조금! 조금만 더 시간을 주세요! 이제 하루만 더 하면……!"

"너무 졸라 대면 바빌론 출입을 금지할 수도 있어."

"알겠습니다! 그러니까 제발 그것만큼은 용서해 주세요!"

린이 작게 중얼거린 소리를 들은 쿤은 무릎을 꿇고 몸을 납작 엎드렸다. 무조건 항복이었다.

린도 이젠 쿤을 어떻게 대하면 될지 잘 알게 됐구나…….

이번 일만큼은 쿤이 무조건 잘못한 거니, 어쩔 수 없다면 어쩔 수 없는 일이지만.

어떻게 보면 바빌론 출입을 금지하지 않은 일만 해도 온정을 베푼 처벌이라고도 할 수 있었다. 시간만 철저히 지키면 작업을 해도 좋다고 허락한 것과 다를 바 없으니까.

하지만 또 약속을 어기면 틀림없이 출입금지 처분을 받겠지?

일단 쿤의 '미니 공방'도 사용 정지 상태로 만들어 두었다.

"으으……. 어째서 이렇게……."

"자업자득이야. 한동안 반성하렴. 짬이 나면 '격납고'에 있는 모니카라도 도와주고 그래."

"네에……."

린의 말에 힘없이 대답하는 쿤. 모니카를 도와준다면 프레임 기어의 정비인가? 구동 체크나 무기의 점검 같은 화려하지 않고 꾸준히 해야 하는 작업이 많이 있다.

이것도 약속을 어긴 벌로 받아들이는 거구나.

'도서관'에 간다고 하는 린과 헤어진 나는 '연금동'으로 가 보았다.

뾰족한 고깔모자 모양인 '연금동'에 들어가 보니, 관리자인 플로라와 에르제가 테이블 앞에서 마주 보고 앉아 있었다.

에르제가 '연금동'에 있다니 웬일이지?

에르제는 원래 바빌론을 자주 찾지 않는다. 몸을 움직이는 일을 좋아하니, 보통은 훈련장이나 성의 지하에 있는 트레이닝룸에서 지내는데 무슨 일일까?

그런 내 의문은 안에서 시험관을 가볍게 흔들고 있는 에르나 덕분에 자연히 풀렸다. 아하, 에르나를 따라온 거구나.

"에르나는 뭘 만드는 중이야?"

"효과가 좋은 포션을 값싼 재료로 만들 수 없을까 시험해 본 대."

내 질문에 어머니인 에르제가 대답해 주었다.

포션인가. 지금 있는 상급 포션은 꽤 값이 나가니…….

빛 마법 사용자는 적고, 회복 마법이 부여된 마도구^{아 티 팩 트}는 거래 금액이 높은 데다 마력을 상당히 많이 소모한다.

모험자가 다치면 일반적으로는 포션이나 약초로 회복한다.

그렇지만 평범한 포션도 가격이 꽤 나가는 편이라 경제적으로 어려우면, 약초만이 유일한 선택지다.

우리는 모험자를 시작했을 당시부터 린제도 나도 회복 마법을 사용할 줄 알아서 포션을 거의 사용한 적이 없다. 약초 종

류는 채집 의뢰를 몇 번 받아본 적이 있는 정도에 불과하다.

브륀힐드의 모험자 길드에는 현재, '연금동'에서 만든 저급 포션과 독과 마비, 석화 등의 각종 상태 이상을 회복하는 포션을 납품하고 있다.

그러고 보니 길드와 가격을 얼마로 정할지를 두고 옥신각신했었던가? 나로서는 매우 낮은 가격으로 제공해도 상관없었지만, 길드 마스터 레리샤 씨는 너무 싸게 공급하면 포션을 만드는 연금술사나 소재를 모아 돈을 버는 모험자들이 곤란하다며 지나치게 저렴해지지 않도록 막았었다.

그래도 돈이 없어 포션을 못 사는 바람에 모험자가 죽어선 마음이 아프니, 그럴 때는 아낌없이 포션을 사용해 달라고 부탁해 두었다. 물론 다친 본인이나 가족의 허가를 받고서.

사용했다면 그 가격만큼 길드에 빚을 지게 되는 셈이지만 죽는 것보다는 낫다. 길드에서 받는 보수에서 조금씩 갚아나가면 몇 년 만에 갚을 수 있을 만한 값이기도 하니까.

그러니까 에르나의 말대로 값싼 소재로 고품질의 포션을 만들 수 있다면 정말 반가운 일이기는 하다.

"그렇게 쉽게 만들 수 있나?"

"결국 어떤 게 소재로 적절할지 모르니 시행착오의 연속이에요. 하지만 우리가 살았던 5000년 전에는 없던 소재도 있으니, 만들 가능성은 크다고 봐요."

그건 결국 운에 맡긴다는 말이랑 다를 바가 없지 않아?

현대의 소재로 고품질 포션이 완성될 가능성은 클지 몰라도, 그걸 발견할 가능성은 매우 낮지 않을지……?

"됐다!"

나의 그런 부정적인 생각을 깨버리듯이 에르나의 밝은 목소리가 '연금동'에 울려 퍼졌다.

옅은 푸른색 액체가 들어간 작은 병을 들고 에르나가 우리에게 달려왔다.

플로라는 작은 병을 받아 들고는 테이블 위에 있던 작은 플라스크가 달린 마도구 안에 그 병의 액체를 3분의 1 정도 흘려 넣었다.

입체 영상 윈도우가 열리고 무슨 수치가 쭉 나열되는데, 뭔지 정확히는 몰라도 성분표 같은 건가?

"정말 기존의 포션과 비교하면 회복량이 조금 올라갔어요. 성공이에요."

"해냈구나, 에르나! 역시 내 딸이야!"

"고마워, 엄마. 어? 아빠도 있었어?"

이크, 좀 상처받는 말을 듣고 말았다. 그, 그야 그만큼 열중하고 있으면 그럴 수도 있기야 하지만…….

"에르나, 정말 대단한걸? 이제 싸게 포션을 살 수 있어서 모험자들에게도 많은 도움이 될 거야."

"그게 다가 아니야. 이 포션에 사용된 새로운 약초는 주위에서 비교적 흔하게 구할 수 있거든. 초급 모험자에게는 일당을

벌 수 있는 선택지가 하나 더 늘어난 셈이야."

에르나를 칭찬했는데 어째서인지 에르제가 의기양양한 표정을 지었다. 아하, 그런 장점도 있었구나. 새로운 일자리가 늘어나다니 굉장한걸?

"그런데 마스터는 무슨 일이신가요?"

"아. 에테르리퀴드용 마석을 가져왔는데……."

플로라에게 【스토리지】에서 꺼낸 농구공 크기의 파란 마석을 건네주었다.

이건 여왕 폐하의 허가를 얻어 레판 왕국에서 발굴한 물건이었다.

여왕 폐하는 내가 레판 왕국의 레갈리아인 '스텔라의 피리'를 찾아주었으니 사례를 하고 싶다고 했지만, 처음에는 사양했었다. 여왕 폐하도 스테프를 돌봐주셨으니까.

하지만 스테프는 객장으로서 반란군을 물리쳤으니, 그건 이미 보답한 셈이라고 하였다. 그래서 커다란 마석을 검색해 봤는데, 레판 왕국에서 하나가 검색되기에 그걸 발굴해서 이렇게 양도를 받아 왔다.

서방 대륙에는 마석이 적고, 더욱이 에테르리퀴드 추출이 가능할 정도의 마석은 쉽게 발견되지 않으니, 이건 행운이라할 수 있었다.

프레임 기어의 경우, 신형부터는 에테르리퀴드를 교환하지 않아도 돼서 크게 필요한 물건은 아니었다. 그렇지만

마동승용차나 그 외의 마도구를 생각하면 많다고 곤란할 일
은 없다.

"아, 그렇지. 토야, 이 포션 말인데, 모험자 길드에 가져가
줘. 길드 마스터한테 얘길 해 둬야지."

에르제가 포션이 들어간 작은 병을 들어 올렸다.

"그건 괜찮은데, 양은 어느 정도나 있어?"

"지금은 이 세 개뿐이에요. 하지만 추출 방법과 성분 분석은
끝났으니 소재만 모으면 바로 양산할 수 있어요."

그렇게 말한 플로라는 에르나가 만든 포션에 필요한 소재 메
모를 나한테 건네주었다.

풍령초, 월광수의 이슬, 애로우즈의 열매……. 모두 들어 본
적이 있는 값싼 소재였다. 와, 이런 소재로 포션의 품질이 올
라간다고?

"겸사겸사 이 소재의 매입 의뢰도 하고 올게."

"잘 부탁드려요."

열심히 노력한 에르나의 머리를 쓰다듬어 준 다음, 나는 곧
장 모험자 길드로 가는【게이트】를 열었다.

나는 이젠 나의 전용 출입구나 마찬가지가 되어 버린 길드
뒤의 좁은 길을 빠져나가 모험자 길드 안으로 들어갔다.

"어? 아버지, 무슨 일이야?"

"어? 프레이? 그리고 힐다랑 야에랑 야쿠모까지."

내가 모험자 길드에 들어가 보니, 옆에서 프레이가 말을 걸

었다. 프레이를 돌아보니 그곳에는 어머니인 힐다와 야에, 야쿠모 모녀도 있었다.

"토벌 의뢰야?"

"맞아. 길드에서 직접 의뢰가 왔었어. 로드메어 연방 방면인데, 야쿠모 언니가 있으면 쉽게 갔다 올 수 있잖아."

프레이와 야쿠모는 열한 살이지만, 실력은 모험자 길드에 등록하고도 남을 정도다.

그렇지만 과거인 현재 세계에서 등록하게 되면, 미래 세계로 돌아갔을 때 일이 성가셔진다. 그거야 시공신인 토키에 할머니가 어떻게든 해결해 주시겠지만 쓸데없는 수고는 끼치고 싶지 않았다.

그래서 프레이를 비롯한 아이들은 등록하지 않기로 했다.

그러니까 자신이 의뢰를 받은 것처럼 이야기하지만, 실제로 의뢰를 받은 사람은 야에와 힐다겠지. 야쿠모랑 프레이 두 사람은 도우러 왔을 뿐일 것이다.

야에와 힐다 입장에서는 아이들이 쫓아온 셈이었지만, 두 사람 모두 딸과 함께 토벌 의뢰를 할 수 있어 기분이 좋아 보이니 문제는 없다.

"뭘 토벌했는데?"

"캘러미티 보어입니다. 상당히 크더군요."

캘러미티 보어인가. 재앙 멧돼지라 불리는 만큼 일류 모험자라 일컬어지는 빨간색 랭크라도 몇 명이 같이 덤벼야 겨우 해치울 수 있는 마수다.

야에와 힐다는 얼마 전에 은색 랭크로 승격됐다. 은색 랭크
면 나라가 의뢰하는 일을 맡아서 해결할 수 있다. 모험자들에
게는 거의 영웅으로 취급받는 랭크지만, 사실 딸 두 사람은 그
보다도 위로, 나와 같은 금색 랭크였다.

물론 미래의 일이니까, 현재의 공적과는 비교할 수 없겠지
만 야에와 힐다에게는 매우 신경 쓰이는 일인 듯했다.

딸들의 랭크가 더 위라니, 당연히 마음이 상하는 일이기는
하다.

요즘 들어 틈만 나면 토벌 의뢰를 받고 있을 정도니까. 부모
님에게도 나름의 자존심이 있는 법이다.

언젠가는 자신을 뛰어넘어 줬으면 하지만, 그건 아직 한참
먼 미래의 일이었으면 하고 바라기도 한다.

접수처 사람에게 길드 마스터인 레리샤 씨를 불러 달라고 한
다음, 나도 야에 모녀, 힐다 모녀와 함께 해체장으로 이동했
다.

브륀힐드의 해체장은 나름 꽤 큰 편이다.

원래 이 근처에는 큰 마수가 별로 없지만, 전이 마법을 사용
할 수 있는 금색 랭크인 나와 엔데가 있어서 크게 만들었다고
한다.

그래서 이곳에 대형 마수를 가지고 오는 사람들은 대부분이
나의 친인척과 지인이다.

프레이가 【스토리지】에서 토벌한 캘러미티 보어를 해체대 위에 쿵! 하고 올려놓았지만, '오오!'라든가 '이건 꽤 크군' 하는 목소리가 들릴 뿐, 사람들은 많이 놀라지 않았다. 평소에도 드래곤 같은 마수를 가지고 오니……. 그에 비하면 이건 대단하지 않은 편이겠지.

해체대 위에 있는 캘러미티 보어는 몸길이가 10미터에 가까웠다. 정말 이건 거물이다. 털의 색은 사파이어색으로 빛났다. 야에나 야쿠모가 외날검으로 목을 쳤는지, 털가죽에는 특별히 눈에 띄는 상처가 없었다. 이건 비싸게 팔릴 듯했다.

"폐하, 기다리시게 하여 죄송합니다."

길드 마스터 레리샤 씨가 와서 나는 새로운 포션 세 개를 건네주고 그 소재의 채집 의뢰를 해 두었다.

"그렇군요. 많은 도움이 될 듯합니다. 이 채집 의뢰로 초급 모험자들은 일당을 벌고 장비를 맞출 수 있겠지요. 무리해서 던전 제도에 가는 일도 줄어들지 않을까 생각합니다."

브륀힐드에 오는 모험자는 대체로 외부에서 돈을 벌러 온 사람들이다.

그 사람들의 목적은 이 나라에서 전이문을 지나서 갈 수 있는 던전 제도다. 원래 나름 실력이 좋은 사람들이 많으니, 던전 제도에서도 어떻게든 버틸 수 있다.

문제는 이 근처인 벨파스트 왕국이나 레굴루스 제국에서 온 신입 모험자들이다.

그 신입 모험자들의 주된 일이라면 채집 계열이나 심부름 계열이다. 토벌 계열도 없지는 않지만, 이 근처의 마수나 마물은 그다지 돈이 되지 않는다.

초급 모험자 중에는 얼른 돈을 벌고 싶은 마음에 던전 제도에 무리해서 들어갔다가 목숨을 잃는 일도 있다고 들었다.

물론 던전 제도의 마수가 소재도 비싸게 팔린다. 그러나 그것은 곧 던전 제도의 마수는 사냥하기가 어렵다는 말이기도 했다.

초급 모험자가 빠지기 쉬운 함정은, 파티를 짜서 도전하면 한 마리 정도는 쉽게 잡을 수 있지 않을까? 하는 방심이다.

파티가 5~6명이고 적이 한 마리라면 어떻게 토벌할 수 있지 않을까? 같은 생각 말이다.

당연히 숫자는 곧 힘이다. 그 생각이 잘못됐다고는 볼 수 없다. 하지만 초보에 겨우 솜털이 자란 정도의 초심자가 상대할 수 있을 만큼 던전 제도의 마수는 만만하지 않다.

파티란 원래 연계가 가능하기에 유리해지는 것인데, 이제 막 파티를 짠 초급 모험자들이 베테랑처럼 연계 플레이가 과연 가능할까?

각개격파 당해 던전에서 차가운 시체로 발견되는 결말을 맞이하지 않을까?

역시 조금씩이라도 안전한 근처에서 경험을 쌓고 장비를 갖춘 다음 도전해 줬으면 했다.

이 약초 채집의 보수로 무리하지 않고도 생활할 수 있게 된다면 좋을 텐데.

"일단 이 소재가 모이면 양산을 시작하겠습니다."

"네. 잘 부탁드립니다."

레리샤 씨는 접수처 아가씨에게 명령해 바로 약초 채집 의뢰서를 만들기 시작했다.

자, 이제 여기서 볼일은 다 끝났다.

모험자 길드에서 모두를 데리고 【게이트】로 성에 돌아오니, 야에 모녀, 힐다 모녀는 땀을 씻는다며 욕실로 가 버렸다.

나는 목이 말라서 차라도 마실까 하고 거실로 갔다. 거실의 문을 여니, 그곳에는 예쁜 드레스를 입고 화려하게 몸치장을 한 린네가 있었다.

"그렇게 옷을 입고 무슨 일이야?"

"엄마가……."

린네가 시선을 돌린 곳을 보니 소파에는 어마어마하게 쌓인 드레스 더미와 그 드레스를 들고 눈에 보이지 않을 만큼 빠르게 바느질을 하는 린제가 있었다.

"엄마들의 오래된 드레스를 고친다고 했으면서, 어느새 내 드레스를 만들더라고……."

그걸 다 일일이 입어 주는 거야? 물론 아주 잘 어울리긴 하지만. 응, 역시 귀여워. 우리 딸.

나는 스마트폰을 꺼내 린네의 사진을 찍었다. 린네는 평소

에 이런 옷을 입지 않으니 굉장히 신선하다.

"꼭 그렇진 않아. 파티에 초대되면 입어야 하잖아. 이런 하늘하늘한 옷은 별로 안 좋아하지만."

린네의 말에 따르면 미래에서는 아이들도 파티에 출석하곤 한다고 한다.

그렇다고는 해도 공식적으로 참가하는 건 아니고, 왕가 주최의 환담회 같은…… 다시 말해 가족끼리 모이는 파티라고 한다.

기본적으로 어른은 어른끼리, 아이는 아이끼리 대화를 나누는 듯했다.

가족끼리 모이는 거니 평상복이라도 괜찮지 않나 생각했지만, 이 아이들도 언젠가는 사교계에 데뷔한다. 그러니까 그때 창피를 당하지 않도록 예행연습도 할 겸 여는 파티라는 모양이었다.

"다 됐어!"

린제가 만족스러운 듯 의기양양한 얼굴로 새로 완성한 드레스를 들어 올렸다.

린이 항상 입고 있는 고딕 롤리타 같은 옷이었지만, 이건 흰색을 바탕으로 한 옷이었다. 흰색 고딕 롤리타인가?

정말로 하늘하늘한 곳이 많네…….

"어? 토야 씨. 언제 오셨나요?"

"아까부터 있었는데……."

아까도 비슷한 타격을 입었었지……? 너희는 뭔가에 열중하면 주변이 너무 안 보여 탈이야.

"자, 린네. 이거 입어 봐! 분명 잘 어울릴 거야!"

"엄마. 아까부터 계속 이게 마지막이라고 했었잖아!"

"이게 정말로 마지막이야! 응? 응?"

린제가 사정사정하자 린네는 어쩔 수 없다는 듯이 흰색 고딕 롤리타 옷을 받아 들었다.

옷을 갈아입다니, 거실에서? 그런 의문이 들었는데, 린제가 스마트폰의 【스토리지】에서 간이 탈의실을 꺼냈다.

"아무리 아버지라곤 해도 여자아이가 옷을 갈아입는 모습을 보여 줄 수는 없어요."

응. 아주 당연한 말을 들었을 뿐이긴 하지만, 꼭 내가 엿보고 싶어 했다는 것처럼 말하지는 말아 줘. 아직 어린, 그것도 딸의 옷을 갈아입는 모습을 볼 생각은 없으니까.

"자! 이게 정말로 마지막이다?"

탈의실에서 나온 린네는 조금 뾰로통한 모습이었지만, 그 모습이 또 사랑스러웠다.

흰색 고딕 롤리타 차림의 심기가 불편한 린네의 사진을 스마트폰으로 찍어 내심 흐뭇해하는데, 스테프와 스우 모녀와, 유미나와 쿠온 모자가 거실로 들어왔다. 그리고 네 사람에 더해 '금색' 왕관 골드도 있었다.

"와! 린네 언니, 귀여운 옷 입고 있네?"

제일 먼저 린네를 발견한 스테프가 엄청난 기세로 우리를 향해 달려왔다. 【액셀】은 사용하지 않은 거 맞지?

"평소의 드레스하고는 달라서 귀여워! 좋겠다~."

"그, 그런가? 이상하지 않아?"

"안 이상해! 아주 근사해!"

유일한 여동생에게 칭찬을 받으니 싫지 않았는지, 린네가 즐겁게 빙글빙글 돌았다.

칭찬에 너무 약하지 않나······? 여자아이는 괜찮지만, 남자아이의 칭찬에는 충분히 주의를 기울여야 한다?

"평소의 린네 누나와는 다른 분위기라 아주 잘 어울려요. 마치 흰 백합 같은, 그런 아름다움이에요."

"에헤헤. 그런가? 그 정도야?"

쿠온의 칭찬을 듣고 더 기분이 좋아진 린네.

큭! 우리 아들의 미사여구 스킬이 너무 자연스럽고 수준 높아! 유미나의 말대로 장래에는 굉장한 인기 왕자가 될 듯했다. 그러면 고생 좀 할걸?

그런데 뭐라고 하면 될까, 그······ 여자아이와 엮인 문제라고 할지, 여난이라고 할지, 그런 일이 벌어져도 이 아이는 가볍게 피해서 갈 듯한 그런 예감이 든다.

상대를 농락한다고 말하면 이미지가 나쁘지만, 넓은 도량으로 자기 뜻대로 일을 진행시키는······. 여러 면으로 여자 문제로 곤란할 일이 없는······. 정말 부러워······. 아니아니, 문제가 안 생긴다면 그보다 더 나은 일은 없다.

"좋겠다. 스테프도 이런 옷 입고 싶어⋯⋯."

"스테프. 버릇없이 그러면 안 되지 않는가. 이건 린네 옷이
니⋯⋯."

"5분! 아니, 3분만 기다려 주세요! 바로 만들 테니까요!"

린제가 동영상을 빠르게 돌리는 듯한 속도로 쌓여 있던 옷을
하나 들고 바느질을 하기 시작했다. 이렇게 빠를 수가⋯⋯.
정말로 신들린 속도야.

너무나도 빠른 린제의 속도에 스우도 할 말을 잊었다. 어이없
어서 그런 건지, 말을 하려다 포기한 건지는 모르겠지만⋯⋯.

정확히 3분 만에 린제가 린네와 한 쌍이 되는 흰색 고딕 롤리
타 옷을 완성했다. 매번 생각하는 거지만 정말 대단해⋯⋯.

아예 린제 개인의 패션 브랜드를 런칭해도 되지 않을까? 자
낙 씨한테 부탁하면 기꺼이 판매해 줄 것 같은데.

완성된 흰색 고딕 롤리타 옷을 받은 스테프는 바로 탈의실로
뛰어 들어갔다.

"어때?!"

곧장 옷을 갈아입은 스테프가 우리 앞에 모습을 드러냈다.
와아, 스테프도 귀엽다.

"음. 아주 잘 어울리는구먼. 스테프."

"네. 정말로 귀여워요! 린제 씨. 쿠온한테도 그 옷을 만들어
주실 수 있을까요?!"

"그럼요!"

"아니요! 린제 어머니! 저는 괜찮습니다!"

스테프의 귀여움에 감화되었는지, 엄청난 말을 꺼낸 유미나. 그러자 웬일로 쿠온이 당황한 기색을 보였다.

여장한 흰색 고딕 롤리타 차림의 쿠온……. 은근히 잘 어울릴 듯하지만, 굳이 그런 말을 꺼내지는 말자.

"다녀왔습니다!"

"다녀왔어."

"앗?!"

갑자기 내 옆에 나타난 두 사람을 보고 깜짝 놀란 나는 무심코 소리를 지르고 말았다.

요시노랑 사쿠라인가! 갑자기 사람이 있는 곳에 【텔레포트】를 써서 나타나면 안 되지! 놀라잖아!!

나도 자주 전이 마법을 사용하지만, 최대한 인기척이 없는 곳으로 나오려고 노력하거든? 어디까지나 최대한이지만.

두 사람은 오늘 학교에 갔었던가?

사쿠라의 어머니이자 요시노의 할머니이기도 한 피아나 씨가 교장선생님으로 일하는 성 아래의 학교다.

사쿠라와 요시노는 자주 그 학교를 찾는다. 학교에 가서 학생들에게 간식을 주기도 하고, 그냥 피아나 씨를 만나고 오기만 하기도 하지만, 가끔은 음악 수업에 참여하기도 한다.

학교에는 리코더, 캐스터네츠, 하모니카, 피아니카, 미니 기타 등의 악기가 놓여 있고, 자유롭게 사용할 수 있다. (리코더와 피아니카의 마우스피스는 개인 소유지만.)

그 지도를 사쿠라와 요시노가 담당하기도 한다. 원래 우리 기사단의 악대에 소속된 기사가 지도하는데, 거기에 더해 요시노도 추가로 방문해 지도하는 형태였다.

요시노 역시 같은 아이라서 그런지, 알려주는 방법이 매우 뛰어나 학생들도 부쩍부쩍 실력이 늘고 있다고 한다.

취미로 익힌 예술은 언젠가 도움이 된다고도 하니, 음악의 길이 아이들 인생의 또 하나의 선택지가 되었으면 좋겠다. 누구에게나 가능성은 있으니까.

"와~! 스테프랑 린네의 그 옷, 정말 귀여워!"

"요시노도 입을래요? 3분만 기다려 주면……."

"자, 잠깐! 이제 저녁 식사 시간도 거의 다 됐으니 그만 정리하면 어떨까? 옷이야 나중에 입어도 괜찮잖아."

더욱 폭주하려는 린제를 간신히 말렸다. 스테프와 린네도 이런 차림으로는 식사를 할 수는 없으니 평소의 옷으로 갈아입혔다. 흰옷이니 뭐라도 묻으면 큰일이야. 세정 마법이 있으니 깨끗하게 못 만들 건 없겠지만.

다 같이 와글와글 식당으로 가 보니, 이미 목욕을 끝내고 나온 야에 모녀와 힐다 모녀가 자리에 앉아 있었다. 에르제와 에르나, 린과 쿤의 모습도 보였다.

쿤은 아직 약간 풀이 죽은 모습이었다. 나중에 비공정을 조금 더 빨리 돌려주자고 린에게 부탁해야겠어.

우리 집 저녁 식사 시간에는 우리와 더불어 카렌 누나를 비롯한 지상에 내려온 신들도 함께한다.

공식적으로는 카렌 누나와 모로하 누나는 국왕인 나의 누나고, 코스케 삼촌, 타케루 삼촌, 소스케 형, 카리나 누나, 스이카는 친척인 설정이니, 신들도 모두 가족이다. 그래서 저녁 식사 시간은 굉장히 떠들썩하다. 매일 작은 파티가 열리는 기분이다.

식탁 앞에 앉자 곧장 계속해서 요리가 나왔다. 어어?! 평소보다 요리의 숫자가 많지 않나?! 그것도 모자라 전부 접시가 두 종류인데…… 이건 설마……?

문을 보니 요리와 함께 루와 아시아 모녀가 보였다. 서로를 노려보는데, 딱 봐도 온몸에서 투지를 불태우는 모습이었다. 하아……. 또야?!

"또 요리 승부야?"

에르제가 조금 어이없다는 듯이 중얼거렸다.

그렇다. 이 모녀는 무슨 일만 있으면 요리로 승부를 가리려고 한다. 두 사람의 요리는 다 맛있으니 굳이 우열을 가릴 필요는 없는데.

이 접시의 색과 모양의 차이로 루와 아시아가 만든 요리가 무엇인지 알 수 있겠지. 당연하지만 우리한테는 어느 접시가 누구의 요리인지 알려주지 않는다.

가족이 다 먹으면, 주방에서 루와 아시아 단둘이 그 결과를 확인하는 게 암묵적인 규칙인 듯했다.

그런데 솔직히 이건 비밀인데, 뭐가 누구의 요리인지는 바로 알 수 있었다.

왜냐하면 루는 아시아의 요리만 먹고, 아시아는 루의 요리만 먹으니까…….

아시아가 루의 요리를 먹고 분한 표정을 짓거나, 루가 아시아의 요리를 먹고 '제법인걸?' 하는 표정을 지으니 더욱 알기 쉬웠다.

아이들은 거기까지 눈치채지 못한 듯하지만. 아니지. 쿠온과 쿤은 눈치챈 것 같았다. 거기다…….

"아, 이 수프 맛있어."

"그렇죠?! 토마토의 달콤함과 신맛은 적절하게 감칠맛을 끌어내 주거든요! 앗, 아니요. 아무것도 아닙니다."

이렇듯 아시아는 내가 감상을 말하면 대놓고 반응을 하니 금방 들킨다.

맛있는 건 사실이기도 하고, 나는 내준 요리를 남기지 않고 다 먹는 성격이지만.

"스테프, 당근도 가리지 말고 먹게."

"윽~. 당근 싫어……."

스테프가 당근을 접시 옆으로 밀어둔 모습을 보고 스우가 주의를 주었다. 어린이는 당근을 싫어하는 경우가 많지? 나도 옛날에는 싫어했다. 지금은 아무렇지도 않게 잘 먹지만.

어른이 되면 어련히 다 먹을 줄 알게 될지도 모르지만, 싫어하는 채로 어른이 되어 버리는 경우도 있다.

"편식하지 않고 잘 먹지 않으면 키가 안 클지도 모르이."

"어머니도 피망 남겼으면서."

"으……. 이, 이건 말이지, 맛있는 음식이라 마지막에 먹으려고 남겨둔 것이네."

따끔한 지적을 받은 스우가 어색한 미소를 지으면서 피망을 포크로 찍더니, 에라 모르겠다! 라고 하듯이 입에 넣고 꼭꼭 씹었다.

"으, 음. 맛있구먼."

스우가 피망을 싫어한다는 걸 잘 아는 우리는 내심 '무리를 다하고…….' 라고도 생각했지만, 굳이 말하지는 않았다. 서로 부모님의 체면을 깎는 일은 하고 싶지 않으니까.

"나는 이렇게 먹지 않았는가. 자, 스테프도 힘내게."

"……응."

스테프도 스우랑 똑같은 표정으로, 에라 모르겠다! 라고 하듯이 당근을 입에 넣고 오물오물 씹어서 삼켰다.

"그래, 장하다! 당근을 해치웠구나! 스테프는 강한 아이야!"

"헤헤헤."

칭찬을 받으니 기분이 좋아졌는지, 스테프가 나머지 당근도 기합을 넣으며 계속 먹었다.

어? 왜 이러지? 아이의 성장을 보니 조금 눈물이⋯⋯.

"왜 울고 그래?"

에르제가 어이없다는 듯이 바라봤다. 크윽, 이건 어쩔 수 없 잖아. 에르제도 에르나가 성장한 걸 보게 되면 당연히 눈물이 글썽거릴 수밖에 없을걸?

식사를 마치고 식후 티타임을 즐기면서 나는 세계정세에 관 심을 돌렸다.

그래 봐야 각 나라의 임금님들과 스마트폰으로 채팅을 하는 것뿐이지만.

나름의 비밀 엄수 의무가 있으니, 너무 내밀한 이야기는 하 지 못한다. 사실 잡담에 가깝다. 요즘 여기에는 계속 비가 이 어지고 있다든가, 새로운 무대극이 재미있었다든가.

임금님들의 대수롭지 않은 개인적인 이야기도 엿보여서 나 름 즐겁다.

그런데 그런 기회를 이용해 마왕 폐하가 개인적인 채팅으로 '요시노의 동영상을 보내다오!' 같은 소릴 하면 절로 골이 아 파진다. 나중에 일이 귀찮아질까 봐 보내주기야 하지만⋯⋯.

마침 거실에서 요시노가 피아노를 연주하고 있어 그 동영상 을 찍었다.

요시노의 연주에 맞춰 피아노 앞에 선 사쿠라가 노래를 하기 시작했다. 램프의 요정이 활약하는 애니메이션 영화의 주제 곡이었다.

그런데 지금 사쿠라가 부르는 파트는 원래 남성 파트였을 텐데……. 아주 자연스럽게 부르고 있네. 이 노래는 듀엣이라 여성 파트는 어떻게 하나 싶었는데 요시노가 불렀다.

역시 모녀라고 해야 할까. 호흡이 척척 맞아 멋진 하모니를 연출했다.

자연스럽게 다른 가족들도 황홀하게 두 사람의 목소리를 들었다.

노래가 끝나자 모두 박수를 보냈다. 요시노와 사쿠라가 서로 얼굴을 마주 보며 미소 지었다. 좋아, 녹화 종료.

메일에 첨부해서 마왕 폐하에게 보내자. 틀림없이 울면서 기뻐하겠지.

하아. 나도 오늘 하루 수고 많았구나. 이젠 목욕을 하고 자면 그만……. 그렇게 생각했는데 스마트폰이 울렸다.

어? 코사카 씨다.

"네, 여보세요……. 네, 알겠습니다. 바로 가겠습니다……."

아뿔싸. 오늘 해야 할 승인 업무가 남아 있었다. 코사카 씨한테 다 떠넘기고 싶지만 그럴 수도 없으니……. 밤중에 아직 일을 더 해야 하는 건가.

나는 남은 홍차를 들이켜고 이영차, 무거운 엉덩이를 들어 올렸다.

임금님도 아버지도 참 쉽지가 않구나.

"윽……! 이게 진짜, 크으으으으윽?!"

괴로운 듯이 기성을 내는 나를 린네와 프레이가 멀찍이서 지켜보았다. 내 양손 안에는 배구공 정도의 둥근 빛 덩어리가 있었다.

"아빠, 이상한 표정을 짓고 뭐 하는 걸까?"

"글쎄……. 아버지의 기행이야 새삼스러운 일은 아니잖아."

린네와 프레이의 목소리가 들렸다. 기행이라니?! 이것도 신기(神器)를 만들기 위한 중요한 일환으로……! 앗?!

집중력이 살짝 흐트러진 순간, 그 틈을 노렸다는 듯이 빛의 공이 바로 터져 버리더니 빛의 알갱이가 되어 주변에 쏟아져 내렸다.

"또 실패인가……."

기력과 체력은 물론, 마력과 신력(神力)까지 빼앗긴 나는 그 자리에 풀썩 주저앉았다.

"뭐가 뭔진 모르겠지만 실패야?"

"으응……."

나는 고개를 갸웃하는 린네에게 힘없이 대답했다.

지금 내가 했던 일은 신기를 만들 때 가장 중요한 '신핵(神核)'의 제작이었다.

이건 이른바 신기가 발휘하는 힘의 바탕이 되는 것으로, 말하자면 일종의 전지라 할 수 있었다.

자신이 지닌 신(神)의 기(氣)를 응축하고 응축해, 작은 코어로 변화시키는 일인데 이건 아주 힘든 일이었다.

세계신님의 권속인 나는 상급신과 거의 동등한 신격을 지녔기 때문에 기의 밀도가 높다.

감각적으로는 커다란 종이를 계속 반으로 접는 느낌에 가까웠다.

처음에는 반으로 접기 쉽지만, 점차 접기 힘들어진다.

TV에서 본 적이 있는데, 두께 0.1mm짜리 종이를 26번 접으면 후지산보다도 굵어진다고 하던데, 이거 역시 무리 아닐까……?

이건 일단 힘을 조절하기가 어렵다. 한쪽을 누르면 저쪽이, 저쪽을 누르면 이번엔 이쪽이 문제가 생겨, 평균적으로 신의 기를 응축할 수가 없었다.

이걸 먼저 만들지 못하면 일을 진행할 수 없다면서 공예신인 크래프트 씨가 내준 숙제였다.

크래프트 씨에게 신기로 삼을 '그릇'을 결정하라는 말도 들었는데, 사실은 그것도 아직 결정하지 못했다.

그 잠수복 남자가 사용하는 전이술이 전이 마법인지, 아니면 사신의 신력을 사용한 능력인지 나는 아직 모른다.

그러니 이번엔 견실하게 '전이를 봉쇄한다'라는 효과가 있는 신기를 만들 생각이다.

그런데 전이를 봉쇄하는 데 어울리는 '그릇'이 과연 뭐가 있을까? 거기서 생각이 멈춰 버렸다.

예를 들어 '활'이라고 한다면, '화살을 쏴서 맞은 사람은 전이할 수 없어진다'라는 신기를 만든다 해도 확실하게 화살을 맞힐 수 있는 실력을 지닌 사람이 필요하고, 무엇보다 화살에 맞기 전에 상대가 전이해 버리면 아무런 도움도 안 된다. 키클롭스에 탑승해 있을 가능성도 있고.

그렇다면 '일정한 범위 내의 전이를 봉쇄한다'라는 효과를 지닌 액세서리나 보석은 어떤가 생각도 해 봤지만, 지금의 내 실력으로는 넓은 범위를 커버하는 신기를 만들기는 힘든 모양이라, 기껏해야 10미터 정도의 거리밖에 커버할 수 없다고 한다.

음, 그 거리라면 그냥 공격하는 게 더 낫지 않나? 당연히 그런 생각이 들 수밖에 없으니…….

신기를 내가 쓸 수 없으니, 그것도 답답하다. '찔린 사람은 전이할 수 없게 된다'라는 단검을 만든 다음 【텔레포트】를 사용해 전이하기 전에 찌르면 참 쉬울 텐데.

하지만 하나 오산이 있는데, 난 신족이라서 이 신기를 써서는 안 된다. 그리고 유미나를 비롯한 내 아내들도 천사와 마찬가지로 신의 권속이라 사용하면 규칙에 저촉된다.

그래서 엔데한테 사용해 달라고 할까 생각했는데, 엔데도 무신(武神)인 타케루 삼촌의 권속이 되어서 사용할 수 없다.

이렇게 되면 신기를 맡길 수 있는 사람의 범위는 좁아진다. 나로서는 반대지만, 제일 적합한 사람은…….

나는 힐끔 아이들을 돌아보았다.

딸들은 반신(半神)이긴 하지만 지상 사람으로, 나의 권속이 아니다.

신기를 맡기기에 이상적인 사람이긴 하지만, 당연히 사신의 사도와 싸우는 일에 말려들게 하다니 부모로서 안 될 말이지 않냐는 생각이 든다.

"왜 그래, 아빠?"

"아니, 아무것도 아니야."

나는 고개를 갸웃하는 린네의 머리를 쓰다듬으면서 일어섰다.

프레이즈인 메르, 네이, 리세도 괜찮지 않을까 하는 생각이 들었지만, 신력(神力)을 다루는 이상 반신인 아이들이 더 적합하단 말이지…….

내가 만드는 신기는 상급신이 만드는 수준의 물건이 될 테니, 평범한 사람에게는 부담이 너무 크다고 하니까.

원래는 인간도 사용할 수 있도록 조정을 한다고 하지만, 초심자인 내가 그런 적절한 조정이 가능할 리가 없으니…….

그런 점에서 아이들은 반신인 이상, 내 신력과 궁합이 딱 맞는다. 제작자 본인의 피를 이어받았으니 당연한 일이다.

그거야 어쨌든 지금은 '그릇'보다도 '신핵'을 만드는 훈련이 먼저다.

"좋아. 한 번 더 해 볼까?!"

나는 기압을 넣고 다시 신의 기를 응축하기 시작했다.

"크으으……. 이 자식, 크으으윽……!"

"역시 얼굴이 이상해."

린네의 악의 없는 말에 상처를 받은 나는 또 주변으로 신의 기를 흩날려 버리고 말았다.

역시 이젠 한계다. 기력이 버티질 못한다.

"하아, 힘들어……. 좀 쉬자……."

나는 성의 안뜰에 있는 벤치에 앉아, 흐느적거리며 등을 기댔다.

아이들이 앞에 있는데 이런 모습을 보여도 되나 싶었지만, 새삼스럽게 폼을 잡아 봐야 아무 소용이 없다.

어차피 미래에서는 더 칠칠치 못한 모습을 봤을 것 같기도 하고.

세계신님의 권속인 내 신의 기는 쉽게 줄지 않지만, '신핵'을 만들면 체력과 기력이 쭉쭉 줄어서 피곤해진다.

신족이 된 이후로 이렇게까지 지친 경험은 처음이다.

신의 기를 사용해 지쳤기 때문인지【리프레시】도 효과가 없었다.

내가 피로를 푸는데, 린네와 프레이도 더는 지켜보기가 질렸는지 어디론가 가 버렸다. 이 아빠 너무 서운해…….

잠시 그대로 벤치에 앉아 바람을 쐬는데, 안뜰을 지나가던 유미나가 서둘러 나한테 달려왔다. 무슨 일이 있었나?

"토야 오빠, 토야 오빠, 큰일이에요! 쿠온이……!"

"어?! 쿠온이?! 무슨 일인데?!"

아침부터 쿠온이 안 보이던데, 무슨 일이라도 있었나?! 나는 놀라서 벤치에서 벌떡 일어섰다.

"오늘 데이트를 한대요!"

"뭐? 아하, 그랬구나……."

미소를 지으며 말하는 유미나를 보고 맥이 빠진 나는 곧장 벤치에 걸터앉았다. 뭐야, 괜히 놀랐네.

"또 아리스랑?"

"그런가 봐요. 역시 그 두 사람은 서로 좋아하는 사이일까요?"

유미나가 즐거운 표정을 지으며 내 옆에 앉았다. 서로 좋아하는 사이라……. 아리스가 일방적으로 쫓아다니는 모습처럼 보이기도 하지만.

"아리스를 어떻게 생각하나요? 쿠온의 약혼자로서."

"너무 성급한 이야기 아닐까? 아직 여섯 살입니다만?"

엄연한 한 나라의 왕자로서 나중에 나라를 이어야 하니 왕비 선택은 물론 중요하다. 그런데 실제로는 아직 태어나지도 않은 아이잖아?

"왕위 계승자의 약혼자는 일찍 결정해 둬야 한다고들 해요. 상대 약혼자에게도 왕비로서의 자각을 재촉할 수 있고, 왕비가 되기 위한 교육을 이른 시기부터 받을 수도 있으니까요."

"무슨 말을 하고 싶은지는 알겠지만……."

국왕의 반려가 될 왕비, 특히 정실이라면 나름의 교양과 예절, 사교성이 필요하다.

나도 유미나가 없었다면 여러 가지로 어려움을 겪었으리라 생각되고. 힐다와 루는 그런 교육을 어릴 적부터 받았으니 그나마 괜찮지만, 스우는 매우 자유롭게 자란 편이고, 야에, 에르제, 린제는 그런 교양과 예절이 껄끄러울 테니까. 지금까지도 다른 나라에서 열리는 파티를 별로 좋아하지 않았다.

"그런데 정말 아리스가 정실이라도 괜찮아? 완벽한 평민인데."

"왕녀와 결혼한 평민이신 토야 오빠가 그런 말을 하면 어떡해요?"

이크. 내 말이 부메랑이 되어 돌아왔다. 아니, 나도 당연히 신분은 관계없다고 보지만, 일단 확인을 위해 한 말이야.

"꼭 신분이 높아야 한다면, 엔데 씨를 브륀힐드의 귀족으로 임명하면 되잖아요. 자국의 귀족 영애라면 문제없죠?"

"강행 돌파네……."

엔데를 귀족으로……? 받아들일까? 그 녀석. 아리스를 결혼시키고 싶지 않아서 '귀족 따윈 되고 싶지 않아!' 라고 말하지 않을지?

"그럼 메르 씨를 여성 귀족으로 임명하면 돼요."

"계속 강행 돌파구나……."

아리스의 어머니인 메르가 귀족이 되면 당연히 아리스는 귀족 영애가 되겠지만.

그런데 아리스한테 귀족의 매너나 예절을 가르쳐 줄 수 있기는 하나? 귓등으로도 안 들을 것 같은데?

"그러니까 일찍부터 자각을 가지게 해야죠. 아리스가 만약 측실이라도 괜찮다고 한다면 너무 깐깐하게 굴지 않아도 되겠지만요."

으~음. 기본적으로 나는 아내들 모두가 정실이고, 측실은 한 명도 없다. 브륀힐드의 왕실은 그 전통(?)을 이어줬으면 하는 바람인데, 아내들이 모두 평등하면 그건 그거대로 후계자 다툼이 벌어질 가능성도 크다.

'장남이 잇는다' 라는 세상의 일반적인 습관을 그대로 따르면 된다고는 생각하지만, 동생과는 달리 형이 어리석다면 자칫 나라가 망할 수도 있으니 어려운 문제다.

"쿠온이 측실을 들일지 안 들일지는 모르는 일 아니야?"

"아니요! 그렇게 멋지고 똑똑하고 다정한 왕자 중의 왕자인 쿠온이 인기가 없을 리가 없잖아요! 전 세계의 여자들이 쿠온의 포로가 될 게 틀림없어요! 토야 오빠보다도 많은 아내를 맞아들일지도 몰라요!"

오우. 장난으로 하는 말인 줄 알았는데 이건 진심이다. 유미나의 눈이 반짝반짝 빛나고 있어. 물론 우리 아들은 멋지고말고.

그렇다고 아내를 너무 많이 맞아들이면 힘든 일이 많아. 여러 가지로……. 가까이에서 그걸 봤으니 쿠온도 그건 잘 알고 있겠지만.

"시어머니로서 며느리들과 사이좋게 지내야 하겠죠? 분명히 아이들도 많이 태어날 거예요. 우리들의 손주가요! 다들 굉장히 귀여울 거예요!"

"아니아니, 그건 좀?! 너무 성급해! 너무 일러!"

손주라니. 아들도 아직 안 태어났는데. 요즘 유미나가 쿠온과 관련된 일만 되면 엉뚱한 소리를 너무 많이 한다. 나도 요즘 딸 바보 아들 바보란 소리를 많이 듣지만, 제삼자가 보면 이런 느낌인 걸까? 좀 반성해야겠어.

손주야 어쨌든, 나는 쿠온의 약혼자를 성급하게 결정할 생각이 없다.

가능하면 정략결혼이 아니라 연애결혼을 해 줬으면 하지만, 이후에 어떻게 될지는 시공신인 토키에 할머니 외에는 아무도 모르는 일이다.

아리스가 다른 사람을 좋아하게 될 수도 있고, 쿠온이 다른 사람 한 명만을 소중하게 생각하게 될 가능성도 있으니까.

만에 하나 약혼이 파기되기라도 하면 둘 중 한 명은 상처를 입게 되기도 하고.

만약 그런 일이 벌어지면 틀림없이 엔데가 나한테 따지러 오겠지. 자칫하면 나라가 멸망할지도 모른다.

아리스한테 숙녀 교육을 시켜 주자는 이야기는 찬성이지만. 우리 아이랑 같이 노는 느낌으로 같이 끼워서 교육시키면 되지 않을까? 어머니인 메르까지 포함시키면 순순히 따라와서 배울 것 같은데.

미래의 나도 그런 생각을 하고 있지 않을까? 왠지 그럴 것 같다.

"있지, 쿠온. 이거 봐 봐! 귀여워!"

"고양이 나무 조각 장식품인가요. 만듦새도 꼼꼼하고, 정성을 들여 마무리했네요. 좋은 작품이에요."

아리스가 손에 들고 보여 준 고양이 장식품을 보고 쿠온이 그렇게 감상을 말했다.

자신도 디오라마 같은 물건을 만들어서 그런지 쿠온의 물건에 대한 평가는 만드는 사람의 시선에 가까웠다. 아리스처럼 귀여운가 귀엽지 않은가로는 판단하지 않았다.

"도련님, 아주 안목이 높으십니다. 이건 요즘 미스미드에서 두각을 나타내는 목공 장인이 만든 물건으로, 지금은 이 가격이지만 나중에는 가치가 뛰어오를 겁니다."

스트랜드 상회의 점원이 두 사람에게 말을 걸었다. 개 수인인 그 점원은 같은 작가의 작품이라는 목공예 제품을 이것저것 쿠온에게 보여 주었다. 쿠온이 봐도 모두 일류 작품으로, 아니, 그 이상의 장인이 만든 것처럼 보였다. 머지않아 가격이 뛰어오를 거라는 말은 거짓말이 아니리라.

"이 곰 나무 조각품은 아주 현실감이 넘쳐요. 신들린 작품이에요……."

실제로 이 장식품들은 공예신, 즉, 크래프트가 만든 작품이니 쿠온의 감상은 매우 정확했다.

하지만 심심풀이로 대충 만든 작품들이라 진심으로 만든 작품에 비하면 몇 단계 정도 수준이 떨어지긴 했다.

"이 곰, 가지고 싶네요……."

"사지? 얼마 전에 폐하한테 받은 용돈, 아직 있잖아?"

얼마 전이란 시간을 넘어서 나타난 멸종된 종, 마수 마르코시아스를 잡았을 때를 말한다.

아버지인 토야에게 경매 절차를 부탁했고, 그 대신이라고 하기는 그렇지만 그때 받은 용돈이 금화 한 닢이었다.

지구의 가치로 따지면 10만 엔 정도다. 어린아이가 가지고 있기에는 매우 큰 금액이었지만, 아이들은 미래에 더 많은 자산을 소유하고 있었기 때문에 은근히 적게 느껴졌다.

그래도 이 곰 나무 조각을 사는 정도야 별것 아니었지만, 쿠온은 어머니인 유미나에게 '낭비하지 말라'라는 가르침을 철저하게 받아서 마음속으로는 어떻게 할까 고민하고 있었다.

"으으음……."

"그럼 내가 살게. 아저씨, 이 곰 나무 조각품 주세요!"

"뭐?"

"네, 알겠습니다. 사 주셔서 감사합니다."

쿠온이 뭐라고 말하기도 전에 아리스가 재빨리 곰 나무 조각품을 카운터로 가져가 돈까지 냈다.

아리스는 멍하니 있는 쿠온 앞에다 방금 산 곰 나무 조각품이 들어간 종이봉투를 내밀었다.

"자, 선물!"

"어? 고, 고맙습니다……?"

당연하다는 듯이 아리스가 곰 나무 조각품을 건네줘서, 쿠온은 무심코 그걸 받아 들고 말았다.

조금 미소를 지은 아리스는 조금 전의 고양이 장식품을 슬쩍 쳐다보았다.

아, 그런 거였구나. 쿠온은 고양이 장식품을 카운터로 가져가, 그걸 자신의 돈으로 샀다.

그리고 종이봉투에 든 그걸 이번엔 아리스에게 건네주었다.

"아리스, 여기요. 선물입니다."

"고마워, 쿠온!"

이건 선물이다. 자신을 위해 돈을 쓴 게 아니다. 받는 사람을 기쁘게 만들어 주기 위한 지출은 낭비라고 하지 않는다.

자신의 망설임의 이유를 꿰뚫어 보고 즉시 행동에 나선 아리스를 보고 쿠온은 감탄했다.

소꿉친구인 아리스는 이렇게 미묘한 감정을 날카롭게 간파하는 재능이 있었다. 계산적으로 파악하는 건지, 아니면 야성적인 본능인지는 모르지만.

"감사합니다~!"

두 사람은 같이 스트랜드 상회 밖으로 나갔다. 구매한 장식품은 스마트폰의 【스토리지】에 수납했다.

"이제 다음은 어디로 갈까요?"

"모처럼 그 바보 같은 검도 없으니, 어디 차분한 곳에 갔으면 좋겠어!"

아리스가 말한 바보 같은 검이란 '은색' 왕관인 실버였다.

실버는 현재, '금색' 왕관인 골드와 정보 교환 & 유지보수 관리라는 명목으로 바빌론의 '연구소'에 있는 에르카 기사한테 가 있었다.

'금색'과 '은색'은 동시기에 만들어졌다고 하니, 비슷한 부분의 검증과 싱크로 스캔에 의한 기억 재생을 시도한다고 한다.

아리스는 시끄러운 방해꾼이 없는 이번 기회를 최대한으로 살려 쿠온과 마음껏 데이트를 즐길 생각이었다.

쿠온도 사소한 일로 말다툼을 벌이는 실버와 아리스의 관계에 질린 참이었으니, 오늘은 마음 편히 지낼 수 있으리라 생각했다. 그랬는데…….

쿠온은 조금 전부터 계속 자신을 쳐다보는 강한 시선을 느꼈다.

마을 안의 건물 그림자에서 원한과도 질투와도 미묘하게 다른, 뭐라 표현하기 힘든 마음이 담긴 시선이 쿠온을 꿰뚫었다.

시선은 아리스를 향하지 않아, 아무래도 지금 자신만이 그 시선을 눈치챈 듯했다.

쿠온은 살짝 곁눈질로 시선이 쏟아지는 방향을 바라보았다.

그곳을 바라본 쿠온은 크게 한숨을 내쉬고 손으로 얼굴을 감쌌다. 틀림없이 일이 성가셔지리란 사실을 깨달았기 때문이다.

"쿠온, 왜 그래?"

"아니요…….."

쿠온이 뭐라고 말해야 할지 고민하면서 자신에게 시선이 쏟아지는 곳을 힐끔 보자, 그 시선을 따라 아리스도 쿠온이 바라보는 곳을 돌아보았다.

"어? 아빠?"

"아, 안녕. 아리스! 이런 우연이 다 있네?!"

건물 그림자에서 흰머리에 머플러를 두른 청년 엔데가 조금 부자연스럽게 등장했다. 가게 밖으로 나온 이후로 계속 미행했으니 우연이라고 하기는 무리가 있지 않나 생각했지만, 쿠온은 굳이 그런 반응을 표정에 드러내진 않았다.

일단 쿠온도 인사를 했다.

"안녕하세요, 엔데 씨."

"여어, 안녕."

밝은 대답과는 달리 눈은 웃지 않는 엔데를 봐도 쿠온은 동요하지 않았다. 이 아리스의 아버지는 미래에서도 똑같으니 새삼스러울 게 없었다.

"뭐냐, 엔데뮤온. 이런 곳에 있었나? 응? 아리스잖아. 무슨 일인데?"

"네이 엄마!"

사람들 틈에서 아리스의 어머니 중 한 명인 네이가 나타났다. 손에는 과일이 든 종이봉투를 들고 있었다.

엔데는 네이와 함께 장을 보러 나왔다. 그런데 도중에 스트랜드 상회에서 즐겁게 지내는 두 사람을 발견한 엔데는, 두 사람이 가게에서 나오길 몰래 기다렸다가 미행을 나섰던 것이었다. 살짝만 틀어지면 부모님이라고 해도 스토커나 다름없다.

"안녕하세요, 네이 씨."

"음? 그래, 안녕이다. 아하, 쿠온 하고 외출했군. 아리스, 재미있게 잘 지내고 있지?"

"응!"

이 세계에 오기 전의 네이를 아는 사람이라면 틀림없이 다른 사람이라고 생각할 정도의 미소를 지으며 네이는 사랑스러운 딸의 머리를 쓰다듬어 주었다.

"그렇지. 쿠온, 괜찮다면 우리 집에서 점심을 먹으면 어떨까?"

"네? 점심이요?"

"그래. 가끔은 우리 집도 손님을 맞이하고 싶어서. 리세도 메르 님도 너와 차분히 이야기해 보고 싶다고 했으니까."

네이의 뜻밖의 초대를 받고 쿠온이 눈을 동그랗게 떴다.

분명히 점심시간은 이미 지났다. 그래서 쿠온은 늦은 점심을 아리스와 함께 일단 성에 돌아가 먹으려고 했다.

기왕에 마을로 나왔으니, 카페나 식당에 들어가도 괜찮지 않을까 생각했지만, 어린이 둘이서 들어가면 아무래도 사람들의 눈길을 끌기도 하고, 이상한 사람들이 시비를 걸 가능성도 있어서 쿠온은 그러한 선택지를 제외했었다.

"가자, 쿠온. 여기서라면 집도 가까워."

"으~음······."

먹으러 가는 일이야 별로 상관이 없었지만, 쿠온은 엔데를 돌아보았다. 엔데는 평범한 표정을 유지했지만, 쿠온은 엔데의 눈썹이 살짝 가운데로 모여 있는 모습을 놓치지 않았다.

자신을 싫어하는 정도는 아니지만, 엔데가 자신에게 적개심을 보인다는 것 정도는 쿠온도 눈치채고 있었다.

 그것이 딸을 사랑하는 남자 부모님 특유의 반응이라는 점도 물론 잘 알았다. 근처에 비슷한 아버지가 있다 보니까.

 누나와 여동생들에게 접근하는 남자아이들을 노려봐서 얼마나 많은 '간파'의 마안을 사용해야 했는지. 물론 쿠온도 흑심이 있는 남자가 누나들에게 접근하게 두고 싶지 않았으니, 직접 나서서 협력한 면도 있지만.

 성가시다는 생각도 했지만, 그렇다고 굳이 초대를 거절할 필요도 없었다. 그냥 점심을 먹으러 가는 것뿐이다.

 "……그럼 감사히 초대를 받아들이겠습니다."

 엔데는 신경 쓰였지만, 새삼 신경 쓸 필요 없다고 생각하며 쿠온은 네이의 초대를 받아들였다.

 브륀힐드의 성 아랫마을에 있는 큰길을 빠져나가면 몇몇 주택가가 펼쳐진다.

 그 마을이 생길 때 만들어진 주택가와 그 이후에 이주자들이 만든 주택가다. 명목상 구시가지와 신시가지라고 불리지만,

크게 시간 차이가 나진 않아서 건물 자체는 큰 차이가 없었다.

건국 당시에는 이셴에서 오는 이주자가 많아, 구시가지에는 이셴다운 모습이 조금 남아 있는 정도였다.

엔데와 메르, 네이, 리세가 사는 집…… 다시 말해, 아리스의 집은 신시가지에 있었다.

조금 높은 언덕에 저택이라고 하기엔 조금 작은 지붕이 빨간 집이다.

이 집은 엔데와 메르, 네이, 리세가 살도록 토야가 마련해 준 집이 아니라, 모험자 길드에서 마구 벌어들인 돈으로 엔데가 즉석에서 돈을 다 지불하여 지은 집이었다.

더 큰 저택을 지을 수도 있었지만, 네 사람은 살기만 하면 충분하다고 생각해 이런 크기가 되었다.

결코 메르를 비롯한 세 사람이 집을 짓는 데 돈을 들이느니 식비에 쓰자고 말을 꺼냈기 때문은 아니……리라 생각한다.

넓은 마당도 있고, 아리스에게는 익숙한 집이어야 할 테지만, 사실 이 집은 몇 년 후에 증축하게 된다. 그래서 미래에 살던 집과는 조금 달라 아리스에게는 왠지 신선하게 다가오는 곳이었다.

미래에서는 쿠온도 몇 번인가 찾아간 적이 있어 그러한 인상은 쿠온도 마찬가지였다.

엔데와 네이 그리고 아리스와 쿠온이 문을 지나 마당 길을 걸어 현관에 도착했다.

"다녀왔습니다."

"어서 와, 네이. 쿠온도 어서 오렴."

"실례합니다."

쿠온을 데리고 간다고 전화로 미리 알려줘서 그런지, 이 집의 주인인 메르가 모두를 마중 나왔다.

그렇다. 이 집의 주인은 메르였다.

왜냐하면 메르와 결혼한 사람이 엔데, 네이, 리세, 이 세 사람이기 때문이다. 이 집은 메르를 중심으로 돌아갔다. 돈을 벌어 오는 사람은 주로 엔데지만.

"리세는?"

"부엌에서 준비하고 있어. 가서 살펴봐 줘."

메르의 말을 듣고 엔데가 부엌으로 갔다. 이 집의 식사는 주로 엔데가 만들었다.

원래 프레이즈는 식사가 필요 없기 때문에 여성 세 사람은 요리를 한다는 개념조차 없었다. 그래서 필연적으로 엔데가 부엌에 서야만 했다.

지금은 리세가 조금 도와줄 정도로 성장했지만, 엔데는 그래도 아직 조리를 맡기기는 어렵다고 느꼈다. 특히 불을 쓰는 조리는 절대 맡길 수 없었다. 너무 위험하다.

거실로 들어간 쿠온은 권유하는 대로 소파에 앉았다. 그리고 당연히 아리스는 쿠온 옆에 앉았다.

"사이가 좋군."

"그야 태어날 때부터 같이 있었으니까."

"네, 사이는 좋습니다."

네이의 말을 듣고 소파에 앉아 있던 두 사람이 그렇게 대답했다. 그 모습을 보고 네이와 메르는 서로 얼굴을 마주 보며 작게 웃었다.

"조금 성급할지도 모르지만."

그렇게 운을 뗀 다음 메르는 쿠온에게 말했다.

"쿠온은 장래에 아리스를 신부로 맞이할 생각 있니?"

"엄마도 참~! 신부라니~!"

메르의 말에 아리스가 새빨개진 얼굴을 손으로 감싸며 몸을 비비 꼬았다.

그런 아리스와는 달리 쿠온은 '흐음.' 하고 소리를 내며 생각을 하듯이 천장을 올려다보았다.

"지금처럼 지낸다면 어렵지 않을까요?"

"뭐……? 쿠온, 그게 무슨 말이야? 나보다 좋아하는 아이라도 있어? 응? 누군데? 내가 아는 아이야? 그 아이는 나보다 강해? 첫 번째는 나지? 응? 쿠온~! 대답해 줘. 쿠온, 응? 응?"

순식간에 눈동자의 빛이 사라진 아리스가 진지한 표정으로 쿠온에게 대답을 재촉했다. 메르도 네이도 이런 아리스를 보기는 처음이라 말문이 막혔다. 마치 검은 오라가 아리스한테서 피어오르고 있는 느낌이었다.

아리스가 무표정한 모습으로 눈도 전혀 깜빡이지 않고 재촉했지만, 쿠온은 당황하지 않고 침착하게 말했다.

"따로 좋아하는 아이가 있지는 않으니, 그런 이유는 아니에요."

"뭐야, 그랬구나. 다행이다!"

조금 전과 마찬가지로 순식간에 눈동자에 빛이 돌아온 아리스가 다시 미소를 지었다.

딸의 변화에 어안이 벙벙한 메르와 네이였지만, 마음을 다잡고 쿠온에게 다시 물었다.

"지금처럼 지낸다면 어렵다니, 그게 무슨 말이니?"

"먼저 전 이 나라의 왕위 계승자이니, 결혼할 상대는 나중에 왕비가 됩니다. 왕비가 될 사람은 그에 걸맞은 상대가 아니면, 나라의 운영에도 지장을 줄 우려가 있으니 신중해질 수밖에 없습니다."

"윽, 난 적합하지 않다는 말이야?"

"아리스. 왕비란 품성, 매너, 댄스, 사교계에서의 교류, 다른 나라 왕비들과의 협상 등, 아주 귀찮은 일이 많아요. 전부 아리스는 껄끄러워하는 일뿐이잖아요? 그러니까 단지 적성에 맞지 않는다고 생각하는 것뿐이에요."

"으윽~!"

전부 사실이라 반론하지 못하고 뺨을 뾰로통하게 부풀리는 아리스.

"적성에 맞지 않는다라. 마치 직업 이야기를 하는 듯한 말투군."

"꼭 틀린 말은 아니지 않을까요? 직업이 왕비이니까요. 원해서 왕비가 된 사람도 있고, 원하지 않았는데 어쩌다 왕비가 된 사람도 있지만요."

네이의 말에 쿠온이 그렇게 대답했다.

쿠온의 아버지인 토야처럼 결혼 약속을 한 이후에 왕이 되어 어쩔 수 없이 왕비가 되는 예도 있다.

에르제, 린제, 야에 등이 그렇다. 유미나나 루 등은 원래 그런 교육을 받았으니 다르다.

"흠. 왕의 반려가 될 자에게는 그에 걸맞은 자격과 책임이 필요하지. 그 말이 맞아. 안 그러면 신하들도 이해해 주지 않을 테고, 때에 따라서는 나라가 멸망할 수도 있으니까."

쿠온의 말에 이해를 표명한 사람은 의외로 네이였다.

아리스를 고양이처럼 귀여워하는 네이인데 의외라는 듯이 메르가 말했다.

"어머, 네이. 생각 외로 쿠온의 편을 드네?"

"섬기는 왕이 신하가 반대하는 반려와 함께 다른 세계로까지 도망쳤던 경험이 있다 보니까요."

"윽!"

가슴을 누르며 메르가 풀썩 주저앉았다.

네이의 말이 가슴에 팍 꽂혔기 때문이었다. 실제로 프레이즈의 '왕'이었던 메르는 반려 선택에 실패해 나라에 크나큰 손해를 줬다는 평을 듣는다 해도 반론할 수 없었다. 메르 자신은 반려 선택에 실패했다고 생각하지 않았지만, 지금도 결정계에 있는 신하들은 그렇게 생각하고 있을 게 분명했다.

프레이지아

"그, 그래도 아리스가 숙녀 교육을 받아 왕비에 어울리는 여성이 되면 문제가 없는 거지?"

"그거야 물론이죠. 또래 중에 제일 속마음을 잘 아는 사람은 아리스이니, 그렇게 자격을 갖춰 준다면 고마울 따름입니다."

이 시점에 메르는 쿠온이 아직 사랑을 모른다는 사실을 꿰뚫어 봤다.

앞으로 쿠온이 사랑에 빠지게 되는 상대가 나타나면, 눈물을 흘리는 사람은 아리스가 될지도 모른다.

일이 그렇게 되지 않도록, 지금 아리스의 존재를 쿠온에게 새겨 두어 유일무이한 존재가 되게끔 해야 한다.

쿠온이 왕이 되는 이상, 측실을 두는 일이야 어쩔 수 없을지도 모르지만, 아리스가 측실이 되는 것만큼은 허용할 수 없었다.

아리스는 측실들을 다스리는 왕비로서 군림해야만 한다. 결과적으로 그것이 아리스의 행복이었다.

다행히 쿠온은 입장상 공과 사 중에서는 공에 더 중점을 두는 성격이다. 그렇다면 '왕비로서' 아리스가 둘도 없는 존재가 되면 그 지위는 반석에 놓인다 할 수 있었다.

"아리스. 내가 유미나 씨한테 부탁할 테니 숙녀 교육을 받아

보지 않을래?"

"뭐~~~?! 귀찮은데……."

메르의 말에 아리스가 얼굴을 찌푸렸다. 그 표정을 보고 쓴 웃음을 지으면서 네이가 말했다.

"하지만 왕비가 되기 위한 훈련을 안 받으면, 언젠가 다른 나라의 공주한테 쿠온을 빼앗길 텐데?"

"……그건 싫어."

"다른 아이가 쿠온의 약혼자가 되면, 그 아이가 계속 쿠온 옆에 있게 돼. 아리스는 잘해야 두 번째. 아니, 세 번째, 네 번째가 될지도……."

"어? 엄마, 무슨 소리야? 쿠온의 첫 번째는 당연히 나지! 태어났을 때부터 계속 같이 있었으니 두 번째가 될 리 없잖아. 쿠온도 내가 첫 번째지? 맞지? 그렇지……?"

또 순식간에 눈동자에서 빛이 사라진 아리스가 쿠온에게 얼굴을 바짝 대며 물었다.

그런 일에도 익숙한지 쿠온은 조금도 동요하지 않고 평소의 말투로 말했다.

"그러네요. 누나들이나 스테프를 빼면, 또래 여자아이 중에서는 아리스가 제일 친해요."

"그렇지?"

활짝 다시 미소 짓는 아리스.

"하지만 그것과 이건 별개예요. 저한테는 이 나라를 짊어져야 할 책임이 있으니, 반려라면 나라를 함께 짊어질 각오가 필요하니까요."

"어린데도 확고하고 야무진 생각을 하고 있군……."

"감사합니다."

네이는 어린데도 왕으로서의 마음가짐을 지닌 쿠온에게 호감이 갔다.

어딘가 결정계에 있던 시절의 메르가 떠올랐기 때문이다.
프레이지아

고결하고 늠름하고, 자신의 신념을 꺾지 않는 다정한 '왕'. 그 왕의 옆에 선다면 그만한 각오와 노력이 필요한 것이야 두말할 필요도 없다.

네이는 쿠온의 말을 듣고 불만스러운 표정을 짓는 아리스를 바라보았다.

"아리스는 어떻게 하고 싶지?"

"……쿠온은 내가 숙녀 교육을 받아 미래의 왕비에 어울리는 사람이 되면 기뻐?"

"그거야 그렇죠. 어차피 결혼한다면 아리스가 속마음을 잘 아는 사이라 편하니까요."

쿠온을 바라보는 아리스의 눈에는 조금 전까지는 볼 수 없었던 각오를 다진 빛이 떠올라 있었다.

메르는 아리스의 각오를 보고 미래의 자신이 왜 아리스가 태어났을 때부터 숙녀 교육을 하지 않았는지를 알 듯했다. 모든 것은 이 각오를 끌어내기 위해서가 아니었을까 하는 생각이

들었다.

각오란 그 상황, 그 심정이 되지 않으면 다지지 못한다. 그게 지금, 이때였을 뿐.

아리스가 마음만 먹으면 왕비로서의 마음가짐을 손에 넣기란 어렵지 않다고 메르는 확신했다.

다름 아닌 아리스도 프레이즈의 '왕'의 직계 자손이다. 왕비로서의 자질은 갖추고 있다. 틀림없이.

"아리스. 하지만 쿠온의 신부가 될 사람은 너 하나가 아니라, 다른 사람도 몇 명인가 측실이 될지도 몰라. 그래도 괜찮아?"

조금 전의 검은 오라를 떠올린 네이가 아리스에게 확인해 보았다.

"폐하처럼? 쿠온의 첫 번째가 나라면 별로 상관없어. 그리고 쿠온이 내가 싫어하는 사람을 아내로 맞이할 리가 없잖아."

"그야 물론이에요. 후궁 문제로 쇠퇴한 왕가도 매우 많으니까요. 정실의 마음에 들지 않는 측실은 들일 생각이 없습니다."

쿠온의 그 말을 듣고 네이는 조금이나마 마음을 놓았다. 조금 전의 그 아리스의 모습을 봤을 때는, 쿠온이 측실을 들였다간 엄청난 사태가 벌어지는 게 아닌가 생각했었기 때문이다.

하지만 아리스는 자신이 쿠온의 첫 번째라면 그것으로 충분하다고 생각하는 듯했다.

"그럼 결정이네. 우리끼리 결정할 수는 없으니 약혼 이야기는 일단 접어 두고, 유미나 씨한테 아리스의 숙녀 교육을 부탁하죠."

"힘내라, 아리스."

"힘낼게!"

아무래도 중요한 일이 와닥닥 결정되었지만, 쿠온은 크게 신경 쓰지 않았다.

누가 아내가 되더라도 웬만큼 문제가 없는 한 받아들일 생각이었고, 그 사람이 아리스라면 마음이 편해서 좋다는, 그 정도의 마음이었다.

마음이 식어 있지도 않았고, 결코 아리스에게 애정이 없지도 않았다. 군이 따지자면 가족이나 마찬가지였다. 그게 소꿉친구의 폐해였다.

쿠온이 들떠 있는 세 사람 옆에서 조용히 차를 마시는데, 쟁반을 들고 리세가 나타났다.

"기다렸지? 점심은 돈가스 카레야."

"야호~!"

"오, 돈가스 카레인가. 좋군."

리세의 말을 듣고 아리스와 네이의 얼굴이 환해졌다. 쿠온은 점심으로 돈가스 카레는 좀 부담스럽지 않나 생각했지만, 초대를 받은 처지라 아무 말도 하지 않았다. 돈가스 카레 자체는 싫어하지 않고, 저 정도의 양이라면 충분히 먹을 수 있었다.

그런 리세의 뒤를 이어 엔데가 대형 원통 냄비를 들고 나타났다. 안에는 카레가 넘실넘실하게 들어가 있었다.

어느새 부엌으로 갔던 메르와 네이가 밥이 든 커다란 밥통과 가득 튀긴 돈가스를 가지고 돌아왔다.

이건 추가로 먹을 분량이었다. 엔데는 몰라도 메르, 네이, 리세는 정말 많이 먹는다. 그 유전자를 이어받은 아리스도 그에 못지않은 양을 아무렇지도 않게 먹었다.

이 가정의 그런 사정은 쿠온도 알고 있었으니 별로 놀라지는 않았지만, 이렇게 눈앞에서 놓아둔 분량을 보니 압권이라는 생각은 들었다.

"사양하지 말고 먹으렴. 많이 만들어 뒀으니까."

"감사합니다."

추가로 더 먹지는 않겠지만, 쿠온은 감사의 인사를 하고 "잘 먹겠습니다."라고 말한 다음 스푼을 들었다.

눈앞에는 이 세계에 원래 있는 수왕국 미스미드의 '카라에'가 아닌, 토야가 퍼뜨린 '카레'가 놓여 있었다.

당연하지만 쿠온도 어릴 적부터(지금도 어리지만) 자주 먹었다.

카레와 밥의 경계에 스푼을 넣고 떠내 입에 쏙 넣으니 입안에 매운맛과 단맛이 확 퍼졌다.

성에서 먹은 카레보다도 꽤 매운 편이었다. 하지만 혀에 오래 남는 매운맛이 아니라, 금방 또 먹고 싶어지는 매운맛이었다.

고기는 돼지고기. 포크 카레였다. 카레루에 들어가 있는 야채는 감자, 당근, 양파 등의 기본적인 재료. 진기한 카레는 아니었다. 정통파라 할 수 있는 카레다.

카레를 음미한 쿠온은 이어서 카레에 올라가 있는 돈가스에 주목했다.

의외로 얇다. 두꺼운 돈가스가 아니라, 얇게 만들어 먹기 편한 형태의 돈가스였다. 두드려서 고기를 편 건가?

포크로 돈가스를 꽂아 살짝살짝 카레루에 찍어 입에 넣었다. 바삭한 튀김옷의 식감이 난 후에 부드러운 고기를 씹자, 카레의 맛과 함께 고기의 감칠맛이 넘쳐났다. 그 맛에 쿠온은 조금 놀랐다.

카레에 돼지고기가 들어가 있으니, 당연히 이것도 돼지가 들어간 돈가스라고 생각했었다. 그런데 이 고기의 맛은 돼지가 아니었다. 소도, 닭도, 양도 아니었다. 이건…….

"용고기 가스 카레였나요?"

"알겠어? 좋은 용고기를 입수해서 한번 써봤어. 젊은 용이 아니라 성룡. 깊고 부드럽고 감칠맛이 넘치는 고기야."

"용고기를 조달한 사람도 요리한 사람도 나인데……."

의기양양한 표정으로 말하는 리세 옆에서 엔데가 쓴웃음을 지었다.

기본적으로 마수 고기는 마력이 많을수록 맛있다는 평가가 많다. 아주 대략적으로 말하자면 강한 마수일수록 맛있다.

왕자인 쿠온도 용 고기는 몇 번인가 먹어 본 적이 있는데, 이 정도나 되는 고기는 좀처럼 먹기 힘들지도 모른다고 생각했다.

　자연히 쿠온도 먹는 속도가 빨라졌다. 먹을 수 있을 때 먹어 둔다. 그것은 모치즈키 가문의 가훈 중 하나였다.

　"쿠온, 맛있어?"

　"네, 아주 맛있습니다."

　아리스에게 그렇게 대답하면서도 카레에 찍은 드래곤 가스, 드래가스를 입으로 옮기는 쿠온. 실제로 이 가스 카레는 무척 맛있었다.

　어머니 중 한 명인 루나 누나인 아시아가 만드는 카레와 비교해도 뒤떨어지지 않는 맛이었다.

　"나도 요리를 배울까?"

　"그, 그거 좋지! 아빠가 가르쳐 줄게. 걱정 마. 간단한 음식 이라면 금방 잘 만들게 될 거야! 나도 그랬거든!"

　딸이 요리에 흥미를 보이자, 엔데는 무심코 흥분하고 말았 다. 엔데의 머릿속에는 딸과 함께 부엌에 서서 사이좋게 요리 하는 광경이 펼쳐졌기 때문인데, 그런 환상을 딸 본인이 직접 말로 깨뜨려 버렸다.

　"요리를 잘 만들게 되면 쿠온이 좋아하는 음식을 만들어 줄 게!"

　"크윽?!"

　언어로 된 보디블로를 맞고 카레의 바다에 가라앉을 뻔했던 엔데였지만 간신히 그것만큼은 버텨 냈다. 그런 아버지의 노력을 아는지 모르는지 딸은 맛있는 카레를 입에 가득 넣으며 먹었다.

"음. 요리는 만들 줄 알아야 더 좋을지도 몰라. 가족에게 맛있는 음식을 대접할 수 있으니까."

"정말 그렇게 생각한다면 네이도 조금이라도 요리를 배우면 어때? 나도 재료 준비라면 어느 정도 할 줄 알게 됐는데."

"나, 나는 좀 그래. 근본적으로 안 어울리잖아. 중요한 음식 재료를 낭비할 수는 없지 않겠어?"

리세의 딴지에 허둥대면서 카레를 입에 쓸어 담는 네이. 그 모습을 보고 메르가 키득키득 웃었다.

"아리스는 요리도 배울 생각이구나? 아, 이게 야에 씨가 말한 신부 수업이라는 걸까?"

"시, 신부 수업이라니 아리스한테는 아직 이르지 않을까? 아직 결혼 상대도 정해지지 않았고, 굳이 정하지 않더라도 문제가 없으니……."

엔데가 잔뜩 굳은 웃음을 지으면서 떨리는 손으로 카레를 먹었다. 그런 엔데의 심경을 무시하며 메르가 회심의 일격을 날렸다.

"지금은 그렇지. 하지만 당장 내일이라도 유미나 씨한테 가서 이야기를 할 테니, 아리스는 쿠온의 약혼자가 될 거야."

"그게 무슨 소리야?! 난 처음 듣는데?!"

쥐고 있던 스푼을 확 구부리면서 당황한 엔데가 자리에서 일어섰다. 그 얼굴은 분노와 절망이 뒤섞인 것처럼 새파래져 있었다.

그에 반해 표정 하나 변하지 않은 채 우물우물 카레를 먹으면서 리세가 차분하게 말했다.

"나도 처음 들어."

"그럴 수밖에. 조금 전에 결정했으니까. 아리스는 이 나라의 왕비가 되기 위해 각오를 다졌지. 그럼 우리는 그걸 뒤에서 후원해 주면 그만이야."

"오오. 아리스, 대단해. 역시 메르 님과 우리들의 딸이야."

"헤헤헤. 고마워, 리세 엄마."

리세가 머리를 쓰다듬어 주자 아리스가 고양이처럼 눈을 가늘게 뜨며 기뻐했다. 그게 귀여워서 리세는 더욱 아리스의 머리를 쓰다듬어 주었다.

"왜 그렇게 중요한 일을 쉽게 결정하고 그래?!"

"쉽게 결정한 적 없어. 잘 생각하고, 아리스의 희망을 고려한 다음 결정한 일이야."

"정말 결정했어?!"

자신도 모르는 새에 그렇게 중요한 일이 결정됐다는 사실을 알고 깜짝 놀라는 엔데.

"난 인정 못……!"

"……아빠?"

"할 건 아니지만!"

기세 좋게 일어선 엔데였지만, 아리스의 빛이 사라진 눈을 보고는 곧장 의자에 다시 앉았다. 기가 약한 남자다.

하지만 곧장 마음을 다잡고 머릿속으로 꼴사납게…… 아니, 눈이 핑핑 돌 정도로 타개책을 생각하던 엔데가 하나의 답을 내고는 천천히 말을 꺼냈다.

"……아리스는 프레이즈의 '왕'이었던 메르와 나의 딸. 즉, 프레이즈의 왕족이야. 프레이즈의 왕족이 반려를 얻을 때는 특별한 시련을 거쳐야 해. 나도 메르에게 마음을 고백했을 때, 그 시련을 부여받았었어."

"엔데뮤온, 너 설마……."

엔데의 말을 듣고 네이가 한발 앞서 반응했고, 메르와 리세도 '아.' 하는 목소리를 흘렸다.

"그렇게 오래된 이야기를 꺼내다니……."

"순순히 포기할 줄 모르네……."

조금 어이가 없다는 듯이 말하는 메르와 리세를 무시하며 엔데는 쿠온을 향해 말했다.

"아리스하고 약혼하고 싶다면, 넌 '프리즈마티스의 의식'을 받아줘야겠어."

" '프리즈마티스의 의식'? 그게 뭔가요?"

"기본적으로 프리즈마의 지배종은 단성 생식…… 아, 그러니까 혼자서 아이를 낳을 수 있거든. 원래는 남편과 아내라는 반려가 필요하지 않아. 하지만 그럴 때 태어나는 아이는 말하자면 부모의 복사본에 불과하지. 능력도 같은 능력을 가지고 태어나고, 성격도 비슷해. 만약 더욱 강한 아이를 원한다면 다른 상대한테서 '핵'을 받아 반려로 맞이해야 해."

"그래. 물론 이 경우의 반려란 단지 '핵'의 제공자일 뿐, 인간처럼 평생을 함께할 사람은 아니다만."

엔데의 설명에 이어서 네이가 내용을 보충했다.

프레이즈의 지배종은 혼자서 아이를 낳을 수 있지만, 유체, 유소년 같은 시기는 없다. 핵이 성장해 어른의 모습으로 태어나기 때문이다.

하지만 이렇게 태어난 사람은 부모의 분체라 할 수 있는 존재라, 능력이 부모를 뛰어넘을 수는 없다.

새로 강한 아이를 원한다면, 다른 지배종의 핵을 받아 융합시켜야 한다.

"당연하지만 프레이즈의 '왕' 또는 왕족 정도의 지위라면, 다음 세대에 강한 아이를 남길 것이 요구되지. 그러니까 '왕'이 단독으로 아이를 낳는 경우는 거의 없어. 정말 긴급한 상황이거나, 문제가 있을 때만 단독으로 아이를 낳지."

"물론 상대가 누구든 상관없지는 않아. '프리즈마티스의 의식'이란 바로 그 알맞은 상대를 선별하기 위해 거치는 의식이야."

"그렇군요."

네이와 엔데의 설명을 듣고 쿠온은 작게 고개를 끄덕였다. 한마디로 혼례 의식이라는 말이었다.

정식으로 약혼을 성립시키기 위한 전통적인 의식. 즉, 일종의 약혼식이다.

프러포즈만 하면 구두 약속에 지나지 않지만, 서로의 집안끼리 결혼 약속을 한다면 정식 약혼이다.

요즘에는 결혼을 단지 당사자 두 사람만의 문제라는 생각을 하기 때문에 80%의 사람들이 약혼을 하지 않는다고 한다. 그래도 양가 상견례 정도는 하는 모양이지만.

이 세계에도 며느리를 얻고 사위를 얻을 때 물건을 보내거나 준비금을 주는 풍습이 있다.

며느리 또는 사위를 소중하게 대하겠다는 마음을 표현하는 건데, 정략결혼도 많은 이 세계에서는 그걸 노리고 결혼하는 남녀도 많다.

다시 이야기로 돌아가서.

"즉, 아리스를 약혼자로 맞아들이려면 그 '프리즈마티스의 의식'을 제가 받아야 한다는 말씀이시죠?"

"맞아."

엔데가 히죽 웃었다. 반면에 메르는 살짝 눈살을 찌푸리고
는 말했다.

"그건 프레이즈의 '왕', 또는 왕족일 때의 의식이잖아? 우
리는 이제 고향을 버린 몸이니 프레이즈의 풍습에 집착하지
않아도 되잖아?"

이 발언에 반론을 펼친 사람은 의외로 엔데가 아니라 네이였
다.

"그러나 아리스는 '왕'의 적통이신 메르 님의 '핵'을 이어
받은 아이. 프레이즈의 '공주'입니다. 결정계에 계신 '왕'은
아니나 이른바 분가로서 프레이즈의 관습을 소홀히 해선 안
된다고 생각합니다만."

"윽……."

메르는 여전히 생각이 고지식하다고는 생각했지만 굳이 그
런 말을 꺼내지는 않았다. 이 진지한 프레이즈에게 자신은 큰
피해를 주었다. 그런 부채 의식도 있어 메르는 강하게 반론할
수 없었다.

메르는 이제 '왕'도 뭐도 아니니까, 그런 관습은 무시해도
좋다고 생각하지만, 네이에게는 아직도 메르가 '왕'이었다.

"그런데 그 '프리즈마티스의 의식'은 어떤 내용인가요?"

"왕가의 일족이 부여하는 시련을 극복할 것. 의식 때마다 내
용은 계속 달라져. 덧붙여 나는 왕의 측근과 싸우는 일이었
어. 간신히 이기긴 했지만."

"흥. 봐주면서 싸워 놓고 무슨 소리냐. 어차피 메르 님에게 부탁을 받았던 거겠지만."

엔데의 힘을 확인하기 위해서 예전에 '프리즈마티스의 의식' 때 엔데와 싸웠던 사람은 다름 아닌 네이였다.

그 힘의 차이를 보고 내심이야 어쨌든, 다른 가신들도 더는 뭐라고 말을 할 수가 없었었다.

"앗! 엔데뮤온. 설마 직접 쿠온과 싸우겠다고 말하지는 않겠지? 일단 당신은 아리스의 아버지이니 그건 반칙이야."

"그, 그럴 리가 없잖아. ……잠깐만. 일단이라니, 무슨 소리야? 난 아리스의 아버지 맞는데?"

"아니, 미래의 얘기잖아. 실제로는 아직 태어나지 않았다는 의미에서 한 말이야. 깊은 의미는 없어."

엔데의 반론에 메르가 당황해서 그렇게 둘러댔다.

"시련의 내용은 이제부터 다 같이 논의해서 결정할 거야. 괜찮아. 절대 극복할 수 없는, 달성 불가능한 시련을 부여하지는 않으니까."

리세가 보충하듯이 쿠온에게 말했다. 아무래도 바로 받아야 하는 시련은 아닌 듯했다.

한마디로 결혼하는 아리스의 가족에게 인정을 받기 위한 조건이었다. 따라서 쿠온에게는 그 시련을 받아들이지 않는다는 선택지는 존재하지 않았다.

"알겠습니다. '프리즈마티스의 의식'을 받아들이겠습니

다. 하지만 이건 저만의 문제가 아니니, 그 사실을 가족에게 전하려고 하는데 그래도 괜찮을까요?"

"상관없어. 내일이라도 유미나 씨한테 갈 셈이었으니, 그때 우리가 한 번 더 자세하게 이야기해 둘게."

"알겠습니다."

쿠온은 최대한 냉정함을 유지하며 대답했다. 어차피 자신의 약혼자 문제는 해결하고 넘어가야 할 일이었다. 속마음을 가장 잘 아는 아리스라면 부모님이나 남매들과의 사이도 나쁘지 않으니 아무런 문제도 없다.

보통 왕비 선택은 외교적인 면이 있어 정략결혼이라는 측면도 강하지만, 브륀힐드는 아버지인 토야가 정략결혼에 반대하고 있으니, 그런 점도 문제는 없다.

문제가 있다면 아리스가 정말로 왕비다운 행동을 몸에 익힐 수 있는가인데…….

아리스는 기분파이긴 하지만, 한 번 결정한 일을 관철하는 강한 의지와 불굴의 정신을 소유하고 있다. 즉, 지기 싫어하는 성격인데, 쿠온은 그걸 잘 알고 있어서 별로 걱정은 하지 않았다.

아리스가 열심히 노력한다면, 자신도 그에 걸맞은 행동을 보여 주어야 한다. 무의식적이긴 하지만 쿠온도 이 약혼을 긍정적으로 생각하기 시작했다.

◇　◇　◇

"대체 어쩌다 얘기가 그렇게 됐어? 나도 특별히 반대하는 건 아니지만⋯⋯."

"글쎄요. 상대가 그런 조건을 내걸었으니까요. 저로서는 문제가 없다고 생각합니다."

집에 돌아온 쿠온의 이야기를 듣고, 나는 너무 전개가 빠르지 않나? 하는 당혹감을 숨길 수 없었다.

물론 내 약혼 때도 이야기가 급격하게 진행되었지만⋯⋯. 그럼 그게 평범한 건가? 어려운 문제야.

"그렇군요, 그렇군요. 아리스를 신부로 맞이하기 위한 시련인가요? 아주 불타오르는 전개인걸요?"

내 옆에서는 쿠온의 어머니인 유미나가 혼자서 들떠 있었다. 당사자인 쿠온보다 흥분한 모습인데⋯⋯.

"쿠온, 정말 그래도 괜찮겠어? 분위기에 휩쓸리고 있을 뿐이라면 다시 생각해 보는 게 좋아."

분위기에 계속 휩쓸렸던 내가 하는 말이니까 흘려듣지 마. 정신을 차려 보니 어느새 아내를 아홉 명이나 받아들이는 상황이 될지도 몰라. 아니, 결과적으로는 아주 행복하긴 합니다만.

"걱정해 주셔서 감사합니다. 하지만 이번 일은 잘 생각하고

결정한 일이에요. 오히려 아버지나 어머니들에게 아리스가 정말 이 나라의 왕비가 되어도 괜찮은지 확인을 해 두고 싶은데요…….”

“음~. 너무 힘이 넘치기는 하지만, 아리스는 착한 아이니까 난 상관없다고 보는데…….”

“아들의 아내로서는 문제없어요. 미래의 왕비에 어울릴지는 지금으로서는 미래에 기대를 걸어보는 수밖에 없겠지만, 아리스라면 분명 괜찮을 거예요.”

나와 마찬가지로 유미나도 반대하지 않는 모양이었다. 왕비로서는 아직은 좀 미지수라는 점이 마음에 걸리는 듯했지만, 그건 앞으로 어떻게 하는지에 따라 나름대로 조건을 충족할 수 있지 않을까?

아리스는 좋든 나쁘든 솔직하니까, 교섭은 잘 못 할 듯한데 괜찮을까……?

“그런데 그 ‘프리즈마티스의 의식’이라고 했었나? 위험한 의식은 아니겠지?”

“상대가 누구인지에 따라 시련은 달라진다고 하니 아직은 뭐라고 말씀드릴 수 없어요. 적어도 죽지는 않는다고 말씀하셨지만요.”

잠깐만. 그 말은 그러니까 죽기 직전까지 몰아붙인다는 뜻 아니야?

프레이즈의 의식인 만큼 불안하기 짝이 없는데. 쿠온이 너덜너덜해지면, 엔데는 틀림없이 유미나한테 뺨을 얻어맞게 될걸? 분명히 아리스한테도.

조금 그런 모습도 보고 싶다는 생각이 들었지만, 쿠온이 다치는 상황을 기대해선 안 되겠지.

어떻게 얼마나 다치든 반드시 고쳐 주겠지만, 다치지 않는다면 그것보다 더 나은 것은 없다.

"솔직히 말하면, 아이들은 정말 서로를 좋아하게 된 뒤에 약혼을 하길 바라지만……."

"전 아리스를 좋아하는데요?"

"으, 응……."

어리둥절하다는 듯이 고개를 갸웃하는 아들을 보고, 나는 뭔가가 다르다는 생각을 불식하지 못했다.

아들의 '좋아한다'는 내가 생각하는 '좋아한다'가 아니지 않을까 하는 생각.

쿠온이 일찍 자겠다고 방에서 나가 유미나와 단둘이 있게 되었는데도, 나의 마음속 답답함은 풀리지 않았다.

"너무 걱정하지 마세요. 토야 오빠도 제가 약혼자가 되겠다고 밀어붙였을 때는 당황하고 망설이셨잖아요? 그때까지는 그렇게까지 좋아한다는 감정이 없었을 거예요. 아닌가요?"

"아니, 뭐, 그건 그렇지만……."

"쿠온은 쿠온 나름대로 아리스를 소중하게 생각하고 있을 거예요. 소꿉친구라고 생각했던 존재가 어느 날부터 연애 대상이 되는 일은 비교적 흔한가 봐요. 린제 씨한테 빌린 '순정만화'에 따르면요."

신혼여행 중에 샀던 지구의 만화를 참고해서는 좀……. 그야 정석 중의 정석적인 진행이긴 하지만.

이 세계에서는 멀리까지 여행하는 일이 드물어서, 태어난 곳 이외의 사람과의 만남은 많지 않다.

대부분은 같은 마을에서 같이 자란 소꿉친구와 결혼한다.

비슷하게 자랐으니 가치관도 일치하고, 예전부터 함께 지냈으니 자신을 꾸밀 필요도 없다. 함께 생활하는 게 편하다.

그런 상황을 쿠온에게도 적용해 본다면, 이 세계의 일반적인 결혼과 크게 다르지 않다고 말할 수도 있다.

우리 딸을 데리고 가고 싶다면 조건이 있다! 같은 이야기도 자주 들으니까.

다만 그 경우는 결혼하는 딸이 더 신분이 높거나 할 때다. 마을 청년과 사업가 가문의 아가씨처럼.

쿠온은 반대 같지만, 어차피 그 딸 바보 아버지 엔데가 말을 꺼냈겠지……. 참 나. 딸을 너무 사랑하는 바보 아빠가 상대라 쿠온도 고생을 하는구나.

유미나에게 그런 이야기를 무심코 했더니, "우와아, 자각이 없다니 무서울 정도예요……."라고 하면서 소름 돋는다는 표정을 지었다.

왜 그래, 참.

◇ ◇ ◇

"그러면 양가의 입회하에 '프리즈마티스의 의식'을 실시하겠다. 준비는 됐나?"

네이가 쿠온에게 엄숙하게 그런 말을 했지만, 나는 도무지 이해가 안 돼서 잠깐 기다려 보라는 듯이 말을 꺼냈다. 쿠온의 부모님이니까 질문할 권리 정도는 있으리라 생각한다.

"'프리즈마티스의 의식'이 프레이즈의 약혼식 같은 의식이라는 건 잘 알겠어. 그런데 그 의식이 대체 뭐야? 매번 바뀐다고 했는데, 꼭 여기서 해야 해?"

네이네 가족의 부탁을 받아 우리가 찾아온 곳은 유론 지방의 그저 넓기만 한 황야.

예전에 천도 셴하이가 있었던 중앙 지방은 프레이즈의 대습격으로 완전히 폐허가 되었다. 사람의 왕래도 사라져 마수들만이 마구 출몰하는 미개척지 같은 땅이 된 이곳에는 이제 아무도 접근하지 않았다.

유론이라는 나라도 이제 사라지고 없어서 마음대로 들어와도 문제가 없고, 누가 보면 큰일 날 일을 하기에는 딱 알맞은 장소이긴 한데…….

그 장소에 우리 가족과 아리스네 가족이 모여 있었다. 다들 견학하는 분위기다.

"우리 프레이즈는 너희가 말하는 대로 따지면 지배종, 상급종, 중급종, 하급종으로 나뉜다. 하지만 그 이외에 지배종이 스스로 만들어 낼 수 있는 개체도 있어. 엄밀히 말하면 프레이즈가 아니니 그래, '결정수(結晶獸)'라고 하면 될까. 이건 너희가 말하는 '고렘'과 같다고 보면 된다."

고렘? 사람이 만들어 낼 수 있는 자율적인 생명체 같은 존재. 그렇게 말하고 싶은 건가?

실제로 고렘도 결정수도 위의 명령에 절대적으로 복종하고 양산할 수 있다는 점에서 본다면 비슷하다고 할 수 있나.

"이제부터 쿠온은 우리가 만들어 내는 결정수와 싸워 줘야겠다. 아리스를 지킬 수 있는지 확인하려고 하니, 그 힘을 보여다오."

그 말을 듣고 나는 역시 그거였냐며 혼자 투덜댔다. 네이를 포함해 내가 싸웠던 지배종도 그렇지만, 그들은 일단 '힘의 여부'로 상대를 판단하려 한다.

약육강식 같은 사고방식이라고 할까? 흔히 자연계를 약육강식이라고 하지만, 정확하게는 적자생존이라는 모양이었다. 정말로 약육강식이라면 최강의 한 종만이 살아남게 되니까.

약해도 그 환경에 적합하게 진화하면 살아남을 수 있다.

하지만 프레이즈는 일단 강함을 추구한다. 상대를 꺾어 따르게 하는 힘. 일단은 힘이 없으면 그 무엇도 소용이 없다.

"다시 말해 거기에 준비해 둔 고렘 같은 존재를 해치우란 말씀인가요?"

"그래. 그 무기를 써도 상관없어. 자신이 가진 모든 힘을 다 사용해 우리에게 너의 힘을 선보여라."

쿠온이 허리에 찬 '은색' 왕관 실버를 가리키며 네이가 대답했다.

그러자 크게 한숨(?)을 내쉬더니, 실버가 달그락거리며 작은 목소리로 쿠온에게 말했다.

《땅꼬마를 아내로 맞아들이겠다니 마음에 안 드는군…….
도련님, 지금이라도 그만두는 게 어떻습니까? 도련님에게 어울리는 더 멋진 여자는 얼마든지…….》

"야~! 쓸데없는 소리 하지 마, 고물딱지 주제에! 바다에 빠뜨려 버리는 수가 있어!"

실버의 목소리를 들은 아리스가 큰 소리로 항의했다. 보아하니 실버는 아리스를 쿠온의 약혼자로 맞이하는 데 반대인 듯했다.

"결정수가 어떤 존재인지는 모르지만, 어떤 상대든 실버라면 쉽게 이기겠죠?"

《그야 물론입죠! 저와 도련님 콤비에게 이길 수 있는 녀석은……. …………성에 꽤 많군요.》

쿠온의 설득하려는 듯한 말을 듣고 실버가 처음에는 자신만

만하게 대답했지만, 그 목소리는 점차 작아졌다.

그럴 수밖에. 모로하 누나를 시작으로 야에, 힐다, 야쿠모, 프레이 등, 쿠온과 실버가 당해내지 못하는 검사가 많으니까.

결정수가 얼마나 강한지가 궁금했다. 순수한 검술이 아니라도 뭐든 사용해도 된다고 하니, 마안의 힘을 사용하면 어떻게든 이길 수 있지 않을까?

물론 쿠온이 위험해지면 억지로라도 내가 끼어들 셈이지만.

"그럼 시작할게. 네이, 리세, 준비는 됐어?"

"네, 메르 님."

"언제든지."

세 사람이 원을 그리듯 마주 보더니 각자가 중심을 향해 손을 내밀었다.

그러자 아무것도 없는 공간에 작고 둥근 수정 조각이 나타나더니, 그것이 조금씩 커졌다.

"별사탕 같아……."

둥근 양귀비씨 같은 조각이 작은 돌기가 형성되며 점차 커지는 모습을 보고 뭔가를 닮았다 싶었는데, TV에서 본 별사탕이 만들어지는 공정과 비슷했다. 완성되는 속도는 별사탕에 비할 바가 아니지만.

이윽고 별사탕은 동그란 형태에서 쩌적쩌적 하고 수정 같은 결정을 증식하며 더욱 크게 변했다.

메르를 비롯한 세 사람도 그 자리에서 떨어져 자기 증식을 거듭하는 결정체를 지켜봤다.

점점 증식을 반복하며 수정 덩어리가 더욱 커졌다. 이제 곧 쿠온보다 커지겠는데? 이거 얼마나 더 커지려는 거지?

빠직거리며 결정체는 증식을 계속했고, 이윽고 무언가의 형태를 갖추기 시작했다. 개나 고양이처럼 발이 네 개인 무언가다. 결정 '수(獸)' 라고 했으니, 무슨 동물의 형태가 되는 걸까? 크기가 장난 아닌데.

"토야 오빠, 저거, 머리가 세 개 아닌가요?"

"……그러네."

옆에 있던 유미나의 말대로, 형태가 갖춰진 결정수는 머리가 세 개였다. 케르베로스냐.

케르베로스와 다른 점이 있다면 머리 세 개가 모두 다르다는 것이었다. 한가운데의 머리가 사자, 좌우는 용이랑 독수리인가?

"음, 이렇게 됐나."

"꽤 강해 보여."

"우리 세 사람의 공동 작품. 강해."

메르를 비롯한 세 사람은 증식을 멈춘 결정수를 올려다보며 각각 고개를 끄덕였다. 크기는 작은 드래곤 정도는 됐다.

수정 같은 몸은 사자 같았지만 꼬리는 용이고, 등에는 날개가 돋아나 있었다.

메르는 사자, 네이는 용, 리세는 독수리의 특성을 부여한 걸까?

"이거랑 쿠온이 싸워야 하는 건가?"

"아직이야. 이건 아직 알맹이가 없어. 싸우지도 못하는 장식물이나 다름없지. 그러니까 이거에 싸우는 법을 주입해야 해. 이봐, 엔데뮤온."

"네네."

네이가 말을 걸자 엔데가 앞으로 나와 결정수의 머리를 손으로 가렸다. 그러자 은은한 빛이 엔데와 결정수를 감쌌다. 뭔가가 엔데한테서 결정수로 흐르고 있구나.

"뭘 하는 거지?"

"이거에 나의 전투법을 주입하는 거야. 이럴 때 나라면 이렇게 움직인다, 이렇게 공격한다라는 전투 때의 사고 패턴을."

그러니까, 엔데의 전투 데이터를 입력하는 거라고? 그럼 생각 이상으로 힘든 싸움이 되지 않을까? 야, 딸 바보 아빠. 너 약혼 이야기를 없던 일로 할 생각 아냐?!

"이제 됐다."

엔데가 뻗었던 손을 내리자, 결정수가 용의 입으로 하늘을 향해 거대한 불꽃을 화염방사기처럼 내뿜었다.

야. 정말 이거 괜찮은 거 맞아?!

조금 불안해진 나와는 달리 쿠온은 이미 스트레칭을 하며 준비 운동을 시작한 상태였다.

"왠지 태연한데…… 불안하진 않아?"

"네, 특별히는요. 그리고 이 정도나 되는 분들이 모여 계시니, 만에 하나라도 위험은 없으리라 생각하니까요."

쿠온이 힐끔 바라본 곳에는 테이블과 의자를 준비해 유리잔에 술을 따르는 하느님 패밀리 고정 멤버들이 있었다. 언제 온 거야…….

카렌 누나, 모로하 누나, 코스케 삼촌, 소스케 형, 카리나 누나 그리고 스이카가 마치 파티에라도 참석한 것처럼 술잔치를 벌였다. ……저 모습을 보니 딴지를 걸고 싶은 기분까지 싹 달아나네.

"하여간. 힘내."

"네. 최선을 다하겠습니다."

나의 미묘한 응원을 받은 쿠온이 결정수를 향해 걷기 시작했다. 무슨 일에도 동요하지 않는 그 담력은 참 듬직해.

그리고 우리 아들의 아내맞이 시합이 시작되었다.

스르릉, 하고 쿠온이 허리에 차고 있던 실버를 빼 들었다. 황야에 쏟아지는 태양 빛을 받아 은색의 도신이 번뜩하고 빛을 냈다.

하지만 눈앞의 결정수는 그보다도 훨씬 강렬하게 번쩍거리는 빛을 난반사하고 있었다.

저건 너무 눈이 부신데. 쿠온에게 불리하지 않을까?

"그러면 '프리즈마티스의 의식'을 시작합니다. 자신의 힘을 보여 주세요."

메르가 엄숙하게 의식의 시작을 알리자마자 결정수가 쿠온을 향해 단숨에 내달렸다.

위로 들쳐 올린 앞다리의 일격을 빠르게 빠져나가듯이 쿠온이 피해 버렸다.

결정수가 계속해서 몇 번이나 앞발의 발톱으로 쿠온을 찢어 버리려고 했지만, 쿠온은 그 모든 공격을 계속해서 피했다.

자세히 보니 쿠온의 한쪽 눈에 오렌지 같은 금색으로 변화해 있었다. 어~. 저건 '선견'의 마안이었던가? 미래 예지의 마안이다. 상대의 다음 움직임을 읽고 있는 건가.

"저 마안이 있으면 어떤 공격을 해도 소용없지 않아?"

"아니요. 제 마안도 그렇지만, 마안의 힘은 연속으로 사용할 수 없어요. 한 번 사용하면 어느 정도의 휴식이 필요해요. 이건 개인에 따라 다 다르지만, 강력하면 할수록 긴 휴식이 필요하대요."

나의 여유로운 발언을 듣고, 옆에 있던 유미나가 나를 타이르듯이 정정해 주었다.

그랬구나. 예전에 기사단 입단 시험 때, 교황 예하에게 '진의'

의 마안을 연속으로 사용해서 그런 리스크는 없는 줄 알았는데.

그때는 면접할 때마다 몇 분 정도의 상담 시간이 있었으니, 엄밀하게는 연속적인 사용이었다고는 할 수 없겠지만.

미래를 예지하는 마안이 강력하지 않다고는 생각하지 않는다. 하지만 유미나의 말대로라면 이제 슬슬 쓰지 못하지 않을지…….

그렇게 생각했는데, 갑자기 결정수의 움직임이 우뚝 멈췄다. 으응? 저것도 쿠온의 마안이지?

쿠온의 눈이 이번에는 옐로골드로 변화했다. 분명히 저건 '고정'의 마안. 물체의 움직임을 멈추게 하는 마안이었던가? 눈을 깜빡이면 풀린다는 모양이지만.

그런 생각을 했지만, 멈춰 있던 시간은 불과 1~2초로, 결정수는 곧장 움직이며 쿠온을 습격했다.

쿠온은 이번 일이 예상외였던 듯, 결정수의 공격을 크게 피해 거리를 벌렸다.

마안의 힘을 깨버린 건가? 전혀 효과가 없지는 않아 보이지만.

"이건 추측이지만, 상대에게 사용하는 마안은 효과가 적은 게 아닐까요? 프레이즈는 원래 마력을 흡수하는 성질을 지니고 있으니까요."

그럴지도 모른다. 결정수는 엄밀하게 말하면 핵도 없고 프레이즈도 아니지만, 비슷한 특성을 지녔다 해도 이상하지 않다.

하지만 프레이즈처럼 완벽하게 흡수하지는 못하는 모양이었다. 그렇기에 잠시나마 '고정'의 마안이 통한 거겠지.

쿠온이 지닌 마안은 일곱 가지.

신종의 마안 : 동물, 마수를 따르게 만드는 마안.

고정의 마안 : 물체의 움직임을 멈추는 마안.

무소의 마안 : 마법을 무효화하는 마안.

간파의 마안 : 사람의 선악을 읽을 수 있는 마안.

압괴의 마안 : 물질을 파괴하는 마안.

선견의 마안 : 미래시의 마안.

환혹의 마안 : 환상을 보여 주는 마안.

이중 '신종(臣從)', '간파', '환혹'은 효과가 없을 듯했다.

결정수는 동물도 마수도 아니고, 선악을 꿰뚫어 보는 '간파'는 무의미하다. '환혹'도 결정수는 쿠온을 눈으로 보고 감지하고 있지 않으니 통하지 않을 것이다.

'압괴'도 '고정'을 깨버린 걸 보면, 크게 효과가 없지 않을까 한다.

그런 생각을 하는데, 결정수가 용의 입에서 불꽃 브레스를 내뿜었다. 하지만 쿠온에게 닿기 전에 마치 안개처럼 불꽃이 소멸되었다.

저건 '무소(霧消)'의 마안이구나. 저 마안은 쓸만해 보인다.

"오?"

계속 피하기만 했던 쿠온이 처음으로 공격으로 전환했다. 마치 카운터를 노렸다는 듯이 결정수와 스쳐 지나가며 실버를 휘둘렀다.

키잉! 높고 날카로운 소리가 울려 퍼졌다. 아쉽게도 결정수는 멀쩡했다. 아무래도 프레이즈급의 경도를 자랑하는 듯했다.

"우후후. 웬만한 검으로는 우리의 결정수한테 상처 하나 낼 수 없어."

엔데가 의기양양하게 웃으며 몸을 뒤로 젖혔다.

"왠지 열 받는걸요……."

"저 자식은 나중에 내가 따끔하게 혼내줄게."

유미나가 작게 중얼거리는 소리를 듣고 내가 그렇게 대답했다. 옆을 봐. 엔데, 네 딸 아리스가 뭐라 형용하기도 어려울 만큼 어처구니가 없다는 눈으로 널 보고 있잖아.

결정수가 일방적으로 공격하는 가운데, 쿠온은 '고정', '선견'의 마안을 사용해 그 공격을 계속해서 피했다.

나는 마안을 너무 많이 사용해서 마력이 다 떨어지지나 않을까 걱정이 되었다.

점점 크게 움직여 피하는 모습인데, 이것도 마안을 연속으로 사용하기가 힘들어졌기 때문이 아닐까?

거리를 벌린 결정수가 속도를 붙이며 마치 덤프트럭처럼 쿠온을 향해 돌진했다.

하지만 쿠온은 움직이지 않았다. '고정'의 마안을 사용할 셈인가? 움직임을 멈춰도 이제 저 기세는 멈출 수 없다. 이대로는 몸통 박치기를……!

"【슬립】."

달려오던 결정수는 앞발이 지면에 미끄러져 머리부터 지면에 처박히더니 곧장 쿠온의 옆을 떼굴떼굴 굴렀다.

저게 있었구나. 나도 자주 사용하는 수법이다.

"역시 엔데 씨와 똑같은 머리를 지닌 상대답네요. 멋지게 걸려들었어요."

"잠깐!! 저 녀석한테 주입한 건 싸우는 방식을 생각하는 법일 뿐, 몸도 능력도 다르니까 싸우는 법이 나랑 똑같을 리가 없잖아!!"

조금 전에 의기양양했던 모습이 어지간히도 마음에 안 들었는지, 웬일로 유미나가 독설을 퍼붓자 엔데가 곧장 반박했다.

실제로도 몸과 능력이 다르니 생각하는 법도 행동도 변하기야 하겠지만, 너라면 걸려들었을 것 같은데?

"잘했어, 쿠온! 해치워 버려~!"

"큭……! 아직이야!"

쿠온의 활약을 보고 들뜬 아리스와 얼굴을 잔뜩 찌푸린 아버지 엔데.

감정을 훤히 드러낸 두 사람과는 달리, 나머지 세 사람은 냉정하게 쿠온이 싸우는 모습을 지켜봤다.

"흠. 정확히 상황을 파악하고 있군. 무작정 피하고 있는 건 아닌 듯해."

"상대의 움직임을 끝까지 보고 최소한의 힘으로 피하고 있어."

"일단은 적의 전력을 확인. 함부로 손을 대선 따끔한 맛을 봐. 기본에 충실해."

오, 꽤 좋은 인상인가 본데?

그렇지만 공격이 통하지 않아선 곤란하다. 만약 프레이즈가 상대일 경우, 나라면 검에 【그라비티】를 걸거나, 【아이스록】 등의 마법으로 직접 공격을 했겠지만.

쿠온은 무속성 마법 외엔 사용할 수 없고, 사용할 수 있는 마법도 【슬립】과 【패럴라이즈】다.

【슬립】은 몰라도 【패럴라이즈】는 결정수가 상대여선 통하지 않을 듯했다.

쿠온이 넘어진 결정수에게 공격을 시도했다. 다시, 키잉! 하고 높고 날카로운 소리가 울리며 결정수의 몸이 실버를 튕겨냈다. 역시 안 통하나.

하지만 방금 아주 조금 수정의 조각이 튀어 오른 것 같기도……. 조금은 상처가 났다는 말인가?

결정수가 날개를 펼쳤다. 그러자 아주 조금 결정수의 몸이

지면에서 떠올랐다.

"떠올랐네. 약간이긴 해도. 【슬립】 대책인가?"

"하늘을 날아서는 아무래도 너무 일방적이잖아."

엔데가 그런 소리를 했다. 이상한 데서 스포츠맨십이 있다니까. 저것도 엔데의 사고 패턴인가?

자, 【슬립】이 봉쇄됐는데, 쿠온, 어떻게 할래?

"음. 생각보다 단단하네요."

몇 번인가 공격을 시도했던 쿠온이 결정수한테서 멀어지며 혼잣말을 했다.

쿤이 조사한 바에 따르면 실버는 토야가 만든 정검(晶劍)만큼이나 날카롭다고 한다. 즉, 상대는 프레이즈 수준의 단단함을 지닌 셈이었다.

《그래도 조금은 깎이더군요. 도련님, 따로 무슨 시도라도 하셨습니까?》

실버가 조금 전에 벌어진 현상에 의문을 표했다.

" '압괴'의 마안을 건 장소를 공격했어요. 조금은 효과가 있었나 봅니다."

물질을 파괴하는 '압괴'의 마안도 이 결정수에게는 효과가 없는 듯했다.

하지만 시험 삼아서 그 장소를 실버로 쳐 보니 조금이지만 수정을 깎아낼 수 있었다.

그 이후에 도망치면서 관찰하니 깨진 부분은 그대로였다. 아무래도 재생되지는 않는 듯했다.

"그럼 그곳을 공격하는 수밖에 없겠네요."

《알겠습니다.》

빠르게 다가오는 결정수를 피한 쿠온은 실버로 또 똑같은 장소를 때렸다.

장소는 독수리 머리의 목덜미. 아주 작은 상처였다. 그곳에 '압괴'의 마안을 걸고, 실버의 일격을 날리자 또 조금이지만 수정으로 된 몸이 깨졌다.

단, 분명 깎아나가기는 했지만 아쉽게도 이래선 효율이 너무 나빴다. 아무리 통한다고 해도 이렇게 해서는 해치우는 데만 며칠이 걸리고 만다.

아니, 그전에 쿠온의 체력이 바닥나 결정수의 먹잇감이 된다. 그건 누가 봐도 뻔한 일이었다.

"음~. 조금 더 위력을 올리고 싶네요. 조금 지치겠지만 한 번 해볼까요."

그렇게 중얼거리자 쿠온의 눈이 두 눈 모두 살짝 붉은색을 띤 레드골드로 반짝였다.

쿠온의 어머니인 유미나는 한쪽 눈만 마안이지만, 쿠온은 두 눈 모두 마안이었다.

쿠온이 지닌 일곱 마안은 두 눈 어느 쪽으로든 사용할 수가 있다. 오른눈으로 '고정', 왼눈으로 '압괴' 처럼, 동시에 사용할 수도 있다. 당연히 두 눈으로 같은 마안을 사용할 수도 있다.

'압괴' 의 마안이 중복되어 사용된 장소에 실버의 일격이 적중했다. 조금 전과는 달리 커다란 파편이 결정수의 몸에서 와르르 깎여 나갔다. 역시 한쪽 눈으로 사용할 때보다 효과가 큰 듯했다.

《오오?! 이거이거이거, 가능하지 않을깝쇼?!》

"하지만 반동이 꽤 커요."

쿠온은 가벼운 통증에 휩싸여 눈을 깜빡거렸다. 역시 두 눈으로 마안을 발동하면 몸에 무리가 온다. 이래서는 몇 번이나 반복해서 사용할 수 없다.

"실버한테 더 강력한 힘이 있었다면 좋았을 텐데요."

《……도련님. 지금 절 부추기고 계시는 겁니까?》

"그럴 생각은 아니지만요. 희대의 고렘 기사, 크롬 란셰스가 만든 마검이라면 조금 더 다양한 기능이 있어도 좋지 않았을까 생각했을 뿐이에요."

《빠지~익!》

묘한 의성어를 직접 소리 내어 말하더니 실버가 쿠온의 손안에서 몸을 바르르 떨었다.

《좋습니다! 이 '은색' 왕관【인피니트 실버】! 그 감추어둔 힘을 보여드리면 되지 않습니까! 제1 봉인 해제!》

실버가 그렇게 외치자 은색의 도신이 빛을 발하기 시작했다.

도신이 희미하게 빛을 두르자, 그 주변에서 작은 빛이 터지는 듯한 현상이 벌어졌다.

"이건⋯⋯."

《저의 비장의 수 1입니다. 이 상태로 조금 전의 그 공격을 한 번 더 부탁합니다!》

실버의 말대로 쿠온은 습격해 오는 결정수를 향해 다시 두 눈으로 '압괴'의 마안을 사용했다.

목표는 조금 전과 같은 장소. 조금 깎여 나간 독수리 머리의 목덜미다.

빛을 띤 실버의 일격이 그 장소에 작렬하자, 콰악! 하고 바위가 깨지는 소리와 함께, 독수리 머리의 목덜미가 우직하고 부러졌다.

그 모습에는 쿠온도 놀랍다는 표정을 감추지 못했다. 부서진 결정수도 위기를 감지했는지, 크게 뒤로 뛰어 물러서며 쿠온과의 거리를 벌렸다.

《어떻습까! 이게 저의 진정한 실력이다 이겁니다!》

"⋯⋯놀랐어요. 대체 이게 어떻게 된 건가요? 왜 그런 위력이 나타난 거죠?"

쿠온이 실버가 사용한 신비한 힘에 관한 설명을 요구했다.

《저도 자세하게는 모르지만, 닿은 대상에게 걸려 있는 효과나 부여를 몇 배로 증폭할 수 있습니다. 마안의 힘은 통할지 통하지 않을지 확실치 않았는데, 잘 통했군요.》

닿았을 때 마법 효과를 몇 배나 증폭할 수 있다는 건가…….
쿠온은 생각했다.

그렇다면 조금 전에 결정수의 목을 파괴할 정도의 파괴력은 결정수에 실버가 닿는 순간에 '압괴'의 마안의 효과가 몇 배나 증폭된 덕분이란 말이겠지.

이건 제법 쓸 만한 힘이 아닐까? 이 상태의 실버에 손을 대고 회복 마법을 걸면 몇 배나 되는 효과를 기대할 수 있다는 거니까.

"제법이군요. 다시 봤어요."

《다시 봤다면, 지금까지는 얕보았다는 말씀입죠……?》

"그렇지는 않아요. 단지 말을 할 수 있을 뿐인 검이라면 별로 필요 없지 않을까 생각했을 뿐이에요."

《본심이 너무 적나라해!》

한탄하는 실버를 무시한 채 쿠온은 눈앞의 결정수를 응시했다.

결정수는 조금 전의 공격으로 완벽한 경계 태세에 들어가 있었다. 쿠온을 살피기는 했지만, 조금 전처럼 근거리 공격을 시도하려고 하지 않았다.

'선견'의 마안을 사용해도 움직일 낌새는 없었다. 쿠온의 미래시는 불과 1~2초의 미래를 엿볼 수 있을 뿐이었다. 미래를 예견해도 상대가 움직일 생각이 없다면 의미 없는 행동이 되고 만다.

움직이기 시작하기까지 상시적으로 마안을 발동하면 몸에 부담이 너무 크다. 상대가 움직인 다음부터 그 움직임을 예견할 수밖에 없다.

쿠온은 상대가 움직이기를 기다렸다. 그러나 결정수는 꿈쩍도 하지 않았다. 용모가 용모인지라, 쿠온은 마치 장식물과 대치하는 듯한 기분이 들었다.

이대로 계속 서로 노려보고 있어선 아무런 진전도 없다. 내가 먼저 공격을 시도할까……? 그런 생각을 하는데, 사자의 입이 천천히 크게 벌어졌다.

다음 순간, 쿠온은 후방으로 크게 날아가 버렸다.

온몸에 충격파 같은 힘이 덮쳐 왔는데, 정신을 차려 보니 어느새 멀리 날아가고 있는 상태였다.

쿠온은 두세 번 지면을 굴렀지만 곧장 자세를 바로잡고 실버를 앞으로 내뻗었다.

"방금 그건 깜짝 놀랐어요……. '무소'의 마안을 사용할 틈도 없었습니다."

《역시 보이지 않는 공격은 지우기가 힘듭니까?》

"지우지 못할 건 없지만요…….."

'무소'의 마안은 상대의 마법을 지우는 마안이지만, 대상물을 눈으로 포착하거나 인식해야만 지우는 효과가 발동된다.

설령 주변의 소리를 지우는 【사일런스】처럼 마법 자체가 보이지 않는다 해도, 그곳에 그 마법이 '있다'라고 인식할 수 있다면 지워 없앨 수 있다.

하지만 방금 그 충격파처럼 내뿜은 공격이 보이지 않으면 공격을 받기까지 그곳에 '있다'라고 인식할 수 없어서 공격을 무효화할 수가 없는 것이었다.

《근데, 상대가 마법을 쏜다는 걸 알고 있다면 지울 수 있지 않습니까.》

"언제 마법을 쏘는지 알면 그 타이밍에 지워 버릴 수 있……
윽?!"

다시 충격파가 날아와 쿠온은 더욱 후방으로 날아가 버렸다.

쿠온은 계속 입을 열고 장식물처럼 머물러 있는 사자가 언제 충격파를 날릴지 전혀 알 수 없었다.

상대가 마법을 날렸다. 마법이 그곳에 '있다'. 그것을 인식해 지워 버린다. ……이러한 흐름을 만들 수 없었다. 눈치챘을 때는 이미 몸이 충격파를 받아 날아가고 있으니까.

《어떻게든 다가가 공격할 방법을 생각해야겠군요…….》

"'고정'의 마안으로 움직이지 못할 때, 정면을 피해 돌아가서 공격하는 수밖에 없을까요?"

쿠온이 '고정'의 마안을 두 눈으로 사용해 결정수의 움직임을 멈췄다.

불과 몇 초지만, 쿠온이 움직임이 멈춘 결정수의 정면을 피해 옆으로 돌아서 결정수를 향해 다가갔다.

하지만 조금만 더 가면 실버가 닿는 위치에서 마안의 효과가 끝나, 결정수가 목을 빙글 돌려 쿠온을 향해 충격파를 날렸다.

또다시 멀찍이 날아가게 된 쿠온이 지면에 몸을 부딪치면서도 자세를 바로잡고 곧장 일어섰다.

《아까웠군요. 조금만 더 유지됐어도 닿았을 것을. 제가 길게 늘어났으면 됐을 텐데 말입죠.》

실버는 도신의 형태를 바꿀 수 있다. 지금은 쿠온이 사용하고 있어 그 체격에 맞게 쇼트소드 정도의 길이지만, 내겸 긴 모습이 될 수도 있다.

"……그렇군요. 한마디로 제 마안의 효과가 발휘되고 있는 동안에 실버의 공격이 닿으면 되는 거니까요……."

《네? 잠깐만요, 도련님? 왜 절 들쳐 올리고 그럽니까?! 설마?!》

쿠온이 실버를 창던지기라도 하듯이 크게 들어 올렸다.

그리고 동시에 한 번 더 '고정'의 마안을 발동시켰다.

"에잇!"

《역시 던지는 거였습니까……………?!》

쿠온이 실버를 결정수를 향해 강하게 내던졌다.

그러나 화살처럼 하늘을 날던 실버를 향해 결정수가 충격파를 날리는 바람에 가엾게도 '은색' 왕관은 엉뚱한 방향으로 날아가 버리고 말았다.

'고정'의 마안으로 움직임을 멈추든 말든, 결정수는 충격파를 문제없이 날릴 수 있었다.

날아가는 실버를 향해 똑바로 충격파를 날린 결정수였지만, 정면에 있던 쿠온은 어느새 사라지고 없었다.

"여기입니다."

크게 옆으로 돌아가 결정수의 등 뒤로 이동한 쿠온이 말을 걸자 결정수가 뒤를 돌아보고는 다시 충격파를 날리려고 쿠온을 포착했다.

하지만 결정수가 충격파를 날리기보다도 먼저, 결정수를 마주 보던 쿠온의 두 눈이 레드골드로 반짝였다.

"지금입니다, 실버."

《알겠습다, 도련님!》

쿠온의 목소리를 듣고 빛을 띤 실버가 어디에선가 날아와 결정수의 바로 위에서 사자의 머리를 꿰뚫었다.

독수리 머리와 마찬가지로 콰악! 하는 크나큰 소리를 내면서 사자의 머리가 산산이 부서졌다.

원래 실버는 자유롭게 날 수 있다. 처음부터 던질 필요가 없었다.

하지만 평범하게 실버가 공격을 하게 만들어도 피할 가능성
이 컸기 때문에, 쿠온은 일부러 실버를 결정수의 공격 대상에
서 제외시키고 자신을 주목하게 만들었다.

이러한 작전을 날아가는 순간에 쿠온의 텔레파시를 통해 듣
게 된 실버는 적절한 타이밍을 노리기 위해 결정수의 머리 위
에서 정지해 있었다.

사자 머리를 부순 실버가 쿠온의 손으로 돌아갔다.

《어떠냐?! 완벽하게 걸렸구나, 이놈의 유리 자식! 꼴좋다!
으하하하!》

"우와, 시끄럽게……."

이겼다고 의기양양한 실버를 성가시다는 눈으로 바라보는
쿠온.

결정수가 남은 용의 머리로 화염을 내뿜었다. 하지만 그건
곧장 쿠온의 '무소' 의 마안으로 무효화되었다.

"슬슬 끝낼까요."

《옙!》

쿠온이 결정수를 향해 달려갔다. 그에 맞서는 결정수는 날
개를 크게 펼쳐 수정 깃털을 날려서 쿠온을 공격했다.

쿠온의 왼눈이 오렌지골드로 반짝였다. '선견' 의 마안으로
결정수의 공격을 예지한 쿠온은 쏟아지는 수정 깃털을 작은
몸을 이용해 이리저리 누비며 회피했다.

결정수의 배 아래까지 뛰어든 쿠온의 두 눈이 이번엔 레드골드로 빛났다.

쿠온이 손에 들고 있는 실버도 은색 빛을 띠고 있었다.

《으랴아아아아아아압!》

날카롭게 기합 소리를 내뱉는 실버로 쿠온이 결정수의 배를 아래에서 찔러 올렸다.

마치 유리 세공품이 깨지듯이 결정수의 몸이 몸통에서부터 두 개로 갈라졌다. 그리고 그게 방아쇠가 되었다는 듯이 결정수의 몸이 연쇄적으로 와르르르 무너져 내렸다.

《이얏호!》

"뭐, 이만하면 됐겠죠."

그렇게 중얼거리면서 쿠온은 옷에 묻은 먼지를 툭툭 털어냈다.

"꽤 시간이 많이 걸렸습니다."

"해냈구나, 쿠온!"

결정수를 해치운 쿠온에게 안겨들려고 아리스가 달려 나왔다. 하지만 그보다도 빠르게 움직인 사람이 있었다.

"아주 잘했어요, 쿠온! 역시 제 아들이에요!"

"앗~! 유미나 님, 그건 내 역할인데~!"

지면에 굴러 더러워진 쿠온을 껴안는 유미나.

"아들이 더 크면 할 수 없는 일이니, 지금 이건 어머니의 특권이에요."

불평하는 아리스를 슬쩍 보면서 유미나가 의기양양하게 말했다. 이건 고부갈등의 시작이 아닐까? 시아버지는 대체 어쩌면 좋을까요?

"생각만큼 강하지 않은 것 같은데. 리세, 만드는 동안에 힘을 뺐나?"

"……아주 조금. 쿠온이 못 이기면 아리스가 슬퍼하니까."

"어머? 리세도? 실은 나도 조금…….."

"메르 님……. 그래선 의식을 치르는 의미가…….."

"어머. 힘을 뺐는데도 결정수가 적절히 잘 융합된 걸 보면 네이도 힘을 뺐다는 말이잖아요?"

"으윽…….."

옆에서는 아들의 아내가 되기로 결정된 아리스의 어머니 세 사람이 왠지는 몰라도 옥신각신하고 있었다. 역시 이러쿵저러쿵해도 딸한테는 약한가 보다.

"크으윽……! 엄청난 실패작이었단 말이잖아……! 어?! 그렇다면 이 의식은 무효…….."

"아빠? 원인을 따지면 아빠가 투덜대니까, 어쩔 수 없이 쿠온이 싸우게 된 거잖아? 그런데 또 불평하고 그러면 다시는 아빠랑 말 안 할 테니 그렇게 알아."

"불평이라니, 불만은 눈곱만큼도 없어……."

죽은 물고기 같은 눈을 한 엔데가 아리스에게 완벽히 항복했다. 이 부녀 콩트도 이젠 익숙한 광경이다.

이렇게 해서 쿠온과 아리스는 약혼을 하게 되었다.

언젠가 아리스가 쿠온의 아내가 되고, 왕비가 되는 건가. 역시 좀 불안이 남는데……. 아니, 아들의 아내로서는 대환영이지만.

왕비 문제는 유미나와 아내들의 수완에 기대해 보는 수밖에 없나. 최악의 경우에는 아리스와는 정반대의, 귀족 사교에 익숙한 측실을 들이는 방법도 있다.

물론 아리스나 쿠온이 싫어하는 상대를 억지로 들일 생각은 없지만.

그렇지만 그것도 이것도 다 미래의 이야기니까, 아직 한참 먼 훗날의 일이다. 지금은 두 사람을 축복해 주도록 할까.

후기

『이세계는 스마트폰과 함께.』 27권이었습니다.

즐겁게 읽으셨는지요.

겨우 아이들이 모두 모였습니다. 스우의 딸인 스테프의 등장입니다.

원래 딸 여덟 명, 아들 한 명이라는 아이들 설정은 마련해 두었지만, 아들을 유미나의 아이로 결정한 뒤에도 그 아이를 몇째의 어떤 위치에 둘지는 고민을 했었습니다.

떠오른 패턴은 세 가지. 여동생 여덟 명을 둔 오빠. 누나가 여덟 명인 막내. 누나와 여동생이 있는 딱 한가운데.

여동생이 여덟 명인 패턴이면 완벽히 시스터 콤플렉스 성향의 오빠가 되어 모든 여동생을 너무너무 사랑하는 이미지밖에 떠오르지 않아 포기했습니다.

누나 여덟 명도 괜찮지 않을까 했지만, 한 명 정도는 여동생이 있어도 괜찮지 않을까 하는 마음에 쿠온의 남매 순서는 여둘째가 되었습니다.

그리고 필연적으로 아이를 제일 늦게 낳으리라 예상되는 사람이 스우였으니, 스우의 딸이 쿠온의 여동생이 되었습니다.

조금씩 스테프에 관한 정보는 흘렸지만, 이번 권이 되어서야 겨우 등장했습니다.

쿤이 온 시점이 22권이니까 다섯 권이 걸렸군요. 빨리 등장한 건지 늦게 등장한 건지. 개인적으로는 다섯 권 만에 아홉명이 등장했으니 빠른 편이라고 생각되지만요. 더 여유를 두고 글을 썼으면 하는 마음도 있습니다.

각설하고, 애니메이션 2기 말인데, 애니도 순조롭게 진행되고 있습니다. 여러 가지로 발표가 되었는데, 히로인은 아홉명 모두가 등장합니다. 다행입니다.

다만 스토리상 어쩔 수 없이 후반에나 등장하는 히로인도 있지만요……. 1기 때의 린과 비슷한 포지션일까요? 이것만큼은 어쩔 수 없는 일입니다.

갑자기 다 모여 있는 상태에서 시작하긴 역시 좀 부자연스럽습니다. 원작을 읽지 않으신 분들이 보면 '누구야?' 같은 상황이 될 수밖에 없으니까요.

2기에서 처음 등장하는 루, 힐다, 사쿠라의 성우는 드라마 CD에서 캐릭터를 맡아 주신 분들이 그대로 이어서 연기해 주십니다. 드라마CD를 들어주신 분이라도 위화감 없이 받아들이실 수 있으리라 생각합니다.

방송은 내년, 2023년 봄입니다. 이번 단행본이 나올 즈음에는 벌써 반년밖에 남지 않았을 시점이겠네요. 조금만 더 기다려 주세요.

그러면 이번에도 감사의 말씀을.

일러스트를 담당해 주신 우사츠카 에이지 님. 스테프의 디자인을 포함해 이번 권도 정말 감사합니다. 다음 권도 잘 부탁드립니다.

메카닉 디자인을 담당해 주신 오가사와라 토모후미 선생님. 바쁘신 중에도 '금색' 왕관과 바르 아르부스의 일러스트를 그려 주셔서 감사합니다.

담당자 K 님, 하비재팬 편집부 여러분, 이 책의 출판에 도움을 주신 여러분, 항상 감사합니다.

그리고 '소설가가 되자'와 이 책을 읽어 주신 모든 독자 여러분에게도 감사의 말씀 올립니다.

후유하라 파토라

※일본어판 발매 당시 내용입니다.

공예신의 제자로 들어가 신기 만들기에 열중하는 토야.

토야가 신기 제작에 고전하는 가운데, 사신의 사도는 본격적인 활동을 시작하는데······。

이세계는 스마트

후유하라 파토라　illustration 우사츠카 에이지

TV 애니메이션
제2기 인기리에
종영!!

폰과 함께. 28

이세계는 스마트폰과 함께. 27

2023년 11월 15일 제1판 인쇄
2023년 11월 20일 제1판 발행

지음 후유하라 파토라 │ **일러스트** 우사츠카 에이지

옮김 문기업

발행 영상출판미디어(주)
등록번호 제 2002-000003호
주소 07551 서울특별시 강서구 양천로 570 NH서울타워 19층
대표전화 02-2013-5665

ISBN 979-11-380-3598-9
ISBN 979-11-319-3897-3 (세트)

異世界はスマートフォンとともに。 27
ⓒ Patora Fuyuhara
Originally published in Japan by HOBBY JAPAN Co., Ltd.